Jacob Ludwig Karl Grimm, geboren am 4. Januar 1785 in Hanau, ist am 20. September 1863 in Berlin gestorben.
Wilhelm Karl Grimm, geboren am 24. Februar 1786 in Hanau, ist am 16. Dezember 1859 in Berlin gestorben.

Grimms Volkslieder werden in dieser insel taschenbuch-Ausgabe zum ersten Mal einem großen Leserkreis zugänglich gemacht. Die Brüder Grimm nämlich hatten ihre Volksliedersammlung, die sie in den Jahren 1806–1815 zusammentrugen, nicht selbst veröffentlicht. Sie konzentrierten ihr Interesse vielmehr auf die Märchen- und Sagensammlungen, auf die Grammatik, auf die Mythologie etc. Erst 1985, anläßlich des Grimm-Jubiläums, wurden die Volkslieder in originalgetreuer Transkription im N.G. Elwert Verlag vorgelegt – die Taschenbuch-Auswahl basiert auf dieser Edition. Es ist eine bunte Sammlung mit bekannten Volksliedern, aber auch mit grotesk-komischen und anzüglich-derben Versen wie etwa die Fassung des Augustin-Lieds:

»Ach du lieber Augustin
's Geld ist weg, 's Mädel ist hin
ach du lieber Augustin
alles ist hin!
...
Ach du liebe Einsamkeit
liegst im Bett, hast keine Freud

Ach du liebe Jungferschaft
liegst im Bett hast keine Kraft!«

insel taschenbuch 891
Grimms Volkslieder

GRIMMS VOLKSLIEDER

IN EINER AUSWAHL HERAUSGEGEBEN
VON CHARLOTTE OBERFELD UND
LUDWIG DENECKE
MIT ILLUSTRATIONEN VON
LUDWIG EMIL GRIMM

INSEL VERLAG

insel taschenbuch 891
Erste Auflage 1986
Insel Verlag Frankfurt am Main
Die Textauswahl erfolgt mit freundlicher Genehmigung des
N. G. Elwert Verlags, Marburg

Vertrieb durch den Suhrkamp Taschenbuch Verlag
Umschlag nach Entwürfen von Willy Fleckhaus
Satz: Fotosatz Otto Gutfreund, Darmstadt
Druck: Ebner Ulm · Printed in Germany

1 2 3 4 5 6 – 91 90 89 88 87 86

GRIMMS VOLKSLIEDER

LIEDER VORWIEGEND AUS HESSEN

Drei Rosen im Garten

Drei Rosen im Garten
drei Lilien im Wald
der Sommer ist lieblich
der Winter ist kalt.

Drei Rosen im Garten
drei Federn auf dem Hut
sind unsere drei Brüder
tut keiner nicht gut.

Was haben die Gänse auf ihren Füßen?

Was haben die Gänse auf ihren Füßen?
  dem Jäger hört die Gans!
Auf dem Wasser tun sie fließen;
das haben die Gänse auf ihren Füßen.
  dem Jäger hört die Gans!

Was haben die Gänse auf ihren Seiten?
den Spielmann mit der Geigen;
den haben die Gänse auf ihrer Seite.

Was haben die Gänse auf ihren Fittchen?
Wacker Maidlin ihren Titchen
den haben die Gäns auf ihren Fittchen.

Was haben die Gäns auf ihren Rücken?
die Hallischen Brücken;
die haben die Gänse auf ihren Rücken.

Was haben die Gäns auf ihrem Nacken?
die Schüppen und die Hacken;
die haben die Gäns auf ihrem Nacken.

Was haben die Gänse auf ihrem Kopfe?
die Schüsseln und die Suppen;
haben die Gänse auf ihrem Kopfe.

Was haben die Gäns' auf ihrer Zunge?
die holländischen Trommler
die haben die Gäns' auf ihrer Zunge.

Sollten wir Schafer nicht lustig sein*

Sollten wir Schafer nicht lustig sein
  Juchhei! Juchhei! Juchhei!
Es ist geboren ein Kindelein
  Juchhei! Juchhei! Juchhei!
dort liegt es in dem Krippelein,
das muß der liebe Heiland sein,
wie uns gesagt die Engelein,
es liegt bei Ochs und Eselein,

es lehret uns demütig sein,
es muß Gott und Mensche sein,
dies zeigt uns an sein Glanz und Schein;
wie süß ist doch sein Mündelein!
wie zart sind seine Wängelein!
wie liebreich seine Äugelein!
wie segenreich sein Händelein!
wie gedankenreich sein Füßelein!
wie liebevoll sein Herzelein!
voll Gnad das süße Jesulein!
wer wollte dir nicht dankbar sein?
anbeten tief die Gottheit dein?
es reuet mich der Sünden mein,
ich bitt mach mich ganz neu und rein!
gib daß dir stets mög eigen sein.
in Freud und Leid in Trost und Pein.
Treib von mir aller Sünden Schein
dir schenk ich mich und all das mein,
Leben und Tod dir ganz allein,
wollst mich mit Segen so erfreun
daß mich mögst nehmen in Himmel ein.
  Juchhei! Juchhei! Juchhei!

* [»Schafer« steht mundartlich für »Schäfer«.]

O Röschen rot!

O Röschen rot!
der Mensch liegt in großer Not
der Mensch liegt in großer Pein
je lieber mögt ich im Himmel sein.
Da kam ich auf einen breiten Weg
da kam ein Engelein und wollt mich abweisen.
Ach nein! ich ließ mich nicht abweisen,
ich sein von Gott, ich will wieder zu Gott
der liebe Gott wird mir ein Lichtchen geben
wird mir leuchten bis in das ewige selige Leben.

Wenn alle Leut sind in die Kirche gegangen

Wenn alle Leut sind in die Kirche gegangen
so ist sie vor ihrem Spiegel gestanden
und hat gekraust ihr goldgelbes Haar.

Und wenn der Himmel wäre Papier
und alle Sterne schrieben für und für
und schrieben alle Jahr und Tag
so könnten sie ihre Sünden doch nicht schreiben ab.

Der Bauer hatte ein Töchterlein

Der Bauer hatte ein Töchterlein,
das wollte so gerne verheiratet sein –
vor die 15 Pfennige

Es wollte so gern einen Schlemmer haben,
sollt ich ihn aus der Erde graben,

der Schlemmer hatte des Geldes so viel
er kaufte dem Mädchen was es will,

er kaufte ihm wohl einen grünen Hut
der war wohl för die Sonne gut.

Wohl för die Sonne, wohl für den Wind
folg du mir mein liebstes Kind.

Willst du es nicht tun so kannst du es lassen
ich hab einen andern ders gerne tut.

Ders gerne tut, den mag ich nicht
er hat kein Hemdchen an Maase ja nicht.

Draußen in dem Garten

Daraußen in dem Garten
da ist ein wunderschönes Paradeis
es war so schön anzusehen
daß man darin könnte gehen.

Als ich den Garten ein kam
und ich das Blümelein vernahm
pflückte ich mir eine Blume
zu meinem Eigentume.

Ich nahm das Blümelein fein
und trugs in die Kammer hinein
ich setzte es an einen Ort
da es mir nicht verdorb.

Ich tate spazieren gehen
und wollte nach meinem Blümelein sehen
als ich kam an den Ort
da war mein Blümelein fort
saß eine schöne Jungfer dar.

Sie sprach: er schrecke sich nicht
ich bin ja seiner verpflicht
ich bin ja seine Braut
die ihme sollt werden vertraut.

Ich nahm das Jungferlein fein
und trug sie in das Bettchen hinein
ich druckete sie an meine Brust
gab ihr so mannichen Kuß
so mannichen mannichen Kuß.

Der Bauer hat eine schöne Frau

Der Bauer hat eine schöne Frau, schöne Frau
er hat ihr alles anvertraut
was er hat im Hause, romdildomdildum

Und als der Bauer vom Schlaf erwacht
hat er an die Frau gedacht
was er wollte machen.

Als der Mann vor die Kammer kam
stund ein großer Riegel daran
mit einem großen Rumpfe.

Als der Mann vor das Bettchen trat
hing eine fremde Hose darauf
Frau wem hört die Hose?

Mann ach Mann mein lieber Mann
daß ich die Wahrheit sagen kann
ich bin gewesen im Bade.

Ich habe die Kleider zusammen gerafft
und habe die Hosen mitgebracht
die Hosen sein gefunden.

Es dauert wohl keine halbe Stund
da kam der selbige Lumpenhund
und bat um seine Hose.

Ei du garstiger Lumpenhund
hättest du gewartet noch eine halbe Stund
bis mein Mann wär nicht zu Hause.

Das hast du Schelm alle vor Ehr
daß mich mein Mann vexieren tät
er schelt mich für eine Hure.

Ach ihr Frauen insgemein
lasset euch zur Warnung sein
bleibet bei euern Männern!

Ach ihr Männer insgemein
das lasset euch zur Warnung sein
bleibet bei euern Weibern zu Haus
so werden keine Huren daraus.

Die Kaiserin hatte einen alten Mann

Die Kaiserin hatte einen alten Mann
sie hatte weder Lust noch Freude daran,
sie hatte einen jungen Knaben
der Knabe und der war hübsch und fein
bei ihm da war gut schlafen.

Als es wohl gegen den Abend ging
da kam der Kaiser gegangen
sie wußte den Knaben nicht zu lassen
sie stach ihn wohl zu dem Fenster hinaus
wohl in das tiefe Wasser.

Sie sahe ihn so barmherzig an
die Tränen auf dem Wasser stahn,
»Jung Fräulein sie brauchen für mich nicht zu sorge
Untertauchen und Schwimmen das kann ich wohl,
bis an den hellen Morgen«.

Als er wohl auf die Mitte kam,
Maria Gottes Mutter rief er an,
Maria mit ihrem lieben Kinde
will sie mein Hilfe mein Beistand sein,
meine Kunst ist gar geringe.

Als er wohl an das Ufer kam
schneeweißes Hemdchen zog er an.
Dies geschieht dem Knaben zu gefallen
sonst mögt ich wohl sein eine Kaiserinne
Und sitzen oben an.

Es wollt sich ein Mägdlein Wasser holen

Es wollt sich ein Mägdlein Wasser holen
aus einem kühlen Brunnen.

Es setzt sich nieder auf einen Stein
es meinte es wäre allein.

Da kam ein Ritter hergeritten
und nahm das Mädchen feine.

Willst heute Nacht mein Beischlaf sein
so ziehe mit mir heim.

Dein Beischlaf will ich nicht sein,
und will es auch von keinem sein.

Ei so sollst du mir drei Rosen malen
drei an einem Zweige.

Die eine weiß, die ander blau,
die dritte wie Violen.

Frau, du sollst nach Hause kommen

»Frau du sollst nach Hause kommen
dein Mann und der ist krank«
»ist er krank, so bleib er krank
und ich komm nicht nach Haus.«

»Frau du sollst nach Hause kommen
dein Mann und der ist tot«
»ist er tot so bleib er tot
kriegt er auch die krumme Not
und ich komm nicht nach Haus.«

»Frau du sollst nach Hause kommen
die Träger sein vor der Tür«
»sein die Träger vor der Tür
gebt einem jeden sein Gebühr
und ich komm nicht nach Haus.«

»Frau du sollst nach Hause kommen
die Schüler sein vor der Tür«
»sein die Schüler vor der Tür
gebt einem jeden sein Gebühr
und ich komm nicht nach Haus.«

»Frau du sollst nach Hause kommen
die Wagen sein vor der Tür«
»sein die Wagen vor der Tür
laßt sie fahren hin und her
und ich komm nicht nach Haus.«

»Frau du sollst nach Hause kommen
der Pfarrer ist schon im Haus«
»ist der Pfarrer in dem Haus
tragt den Bauer gleich heraus
und ich komm nicht nach Haus.«

»Frau du sollst nach Hause kommen
die Freier sein schon im Haus«
»sein die Freier in dem Haus
laßt mir kein'n zur Tür hinaus
und ich will gleich nach Haus.«

Ich kann nicht sitzen

Ich kann nicht sitzen ich kann nicht stehn,
ich muß nach meinem Schätzchen gehn,
nach meinem Schätzchen muß ich heut noch gehn
und sollt ich vor dem Fenster stehn.

Wer ist da draußen und klopfet an
der mich so leis aufwecken kann?
das ist der Herzallerliebste dein
steh du nur auf und laß mich ein.

Ich steh nicht auf, laß dich nicht ein
bis Vater und Mutter zu Bette sein
bis Vater und Mutter sein zu Bett
geh nur so lang in jene Eck.

Ich kann nicht länger draußen stehn
ich seh die Morgenröt' aufgehn
die Morgenröt' zwei helle Stern,
bei meinem Feinsliebchen wär ich gern.

Das Mädchen stand auf und ließ ihn ein,
mit seinem schneeweißen Hemdelein,
mit seinen schneeweißen Beinen,
das Mägdlein fing an zu weinen.

Ach weine nicht du liebste mein
aufs Jahr sollst du mein eigen sein
mein Eigen sollst du werden
o Liebe! auf grüner Erden.

Ich wollt daß alle Felder wären Papier
und alle Studenten schrieben hier
sie schrieben ja hier die liebe lange Nacht,
sie schrieben uns beide die Liebe nicht ab.

Pilatus wollte wandern

Pilatus wollte wandern
Sprach Petrus
von einer Stadt zur andern
Juchheisassa zur andern
Sagt Pilatus

Jetzt kommen wir vor ein Wirtshaus
Sprach Petrus
Frau Wirtin schenkt uns Wein heraus
Juchheisassa
Sagt Pilatus

Womit willst du ihn bezahlen
Sprach Petrus
ich hab noch einen Taler
Juchheisassa
Sagt Pilatus

wo hast du den Taler bekommen?
Sprach Petrus
ich hab ihn den Bauern genommen
Juchheisassa
Sagt Pilatus

Jetzt hast du keinen Segen
Sprach Petrus
daran ist nichts gelegen
Sagt Pilatus

Jetzt kommst du nicht in Himmel ein
  Sprach Petrus
So reit ich auf einem Schimmel hinein
  Sagt Pilatus

So fällst du herunter und brichst das Bein
  Sprach Petrus
So rutsch ich auf dem Hintern hinein
Juchheisassa auf dem Hintern
  Sagt Pilatus.

Wille wille wom

Wille wille wom
mein Mann ist kommen
wille wille wam
was hat er dann?
wille wille wom
einen Sack voll Kohlen
wille wille wam
wo stehn sie dann?
wille wille wom
in Nachbars Garten
wille wille wam
er ist erhascht,
wille wille wom
an welchem Galgen?
wille wille wam
an Henkers Galgen.
Wille wille wom.

Wenn du willst mein Schätzchen sein

Wenn du willst mein Schätzchen sein, so mußt du alles
leiden.
»Und sollte ich dein Schätzchen sein, und sollte alles
leiden,

So sollst du mir aus Haberstroh spinnen schwarze
Seiden.«
Und sollt ich dir aus Haberstroh spinnen schwarze
Seiden,

so sollst du mir mein Hemdchen nähen ohne Zwirn und
Seiden.
»Und sollt ich dir ein Hemdchen nähn, ohne Zwirn und
Seiden,

so sollst du mir ein Kleidchen schneiden, ohne Scher und
Scheide.«
Und sollt ich dir ein Kleidchen schneiden, ohne Scher
und Scheide,

so sollst du mir die Scheren holen, mitten aus dem
Rheine.
»Und sollt ich dir die Scheren holen, mitten aus dem
Rheine,

so sollst du mir den Rhein ausfülln, mit einem Korb
alleine.«
Und sollt ich dir den Rhein ausfülln, mit einem Korb
alleine,

so sollst du mir die Tropfen zählen, die an dem Körblein
bleiben.
»Und sollt ich dir die Tropfen zählen, die an dem Körblein bleiben,

so sollst du mir die Sterne zählen, die an dem Himmel
scheinen.«
Und sollt ich dir die Sterne zählen, die an dem Himmel
scheinen,

so sollst du mir eine Leiter machen, daß ich darin kann
steigen.
»Und sollt ich dir eine Leiter machen, daß du darin
kannst steigen,

so sollst du mir ein Kind gebären und eine Jungfrau
bleiben.«
Und sollt ich dir ein Kind gebären und eine Jungfrau
bleiben,

Ei so sollst du mir eine Wiege machen ohne Schnitt und
Schneide.
»Und sollt ich dir eine Wiege machen, ohne Schnitt und
Schneide,

So sollst du mir drei Rosen malen, drei an einem
Zweige,
die eine weiß, die andre blau, die dritte wie Violen.«

Jetzt bin ich wiederum recht vergnügt

Jetzt bin ich wiederum recht vergnügt
weil mein Schatz bei mir ist
und so viele Treu verspricht
redet mit mir
redet von der Wahrheit
redet von der Treuheit
red't von der Welt Süßigkeit
red't von der Welt End.
  Wollt ihr wissen was es macht
daß mich mein Schatz veracht
und ich im schwarzen Register muß stehn?
du kannst leicht denken
wie es mich tut kränken
wenn ich ein'n andern muß bei dir sehn stehn
denn du bist hoch gesinnt
hast doch nichts hinter dir
als nur die Kleider die du trägst
wirst ausgelacht
eine arme die magst du nicht
eine reiche die kriegst du nicht
o, weh wird dirs noch gehn.

Ich muß ja immer traurig sein

Ich muß ja immer traurig sein;
wenn andere schaffen
so muß ich wachen
muß denken dein.

Warum mußt du denn denken mein?
wenn andre fragen,
so kannst du sagen:
daß ich bin dein.

Was gilts mir dem' geh du nur hin,
such eine Reiche
nach deines Gleichen
nach deinem Sinn.

Was frag ich nach viel Geld und Gut!
An Gottes Segen
ist alles gelegen
wers glauben tut.

Wers glauben tut
ist fort gegangen,
wird wieder kommen
sei's spät oder früh.

Und kommt er nicht zur rechten Zeit
so sind wir beiden,
so sind wir beiden
geschiedene Leut.

Geschiedne Leut bis in das Grab
die roten Rosen
sind schöne Blumen
die welken ab.

Es ging sich ein Jüngling spazieren

Es ging sich ein Jüngling spazieren
spazieren wohl in den Wald
da begegnet ihm ein junges Mägdelein
kaum achtzehn Jahre alt
von reizender Gestalt.

Er nahm sie drauf gefangen
gefangen muß sie sein
er zog ihr ihre Kleider aus
sie gab sich geduldig drein
ach Knab! ach Knab! was soll das sein.

Zu Augsburg in das Wirtshaus

Zu Augsburg in das Wirtshaus
allwo ich aß und trank
da kam das schöne Mägdelein
und legte mich in Ketten und Band
und legte mich in Ketten und Band'.

Zu Augsburg in dem Kerker
wo ich gefangen saß

da kam meine liebste Mutter
mein Sohn! was machst du hier
mein Sohn! was machst du hier?

Und was ich hier nun mache
das kann ich dir wohl sagen
ich hab ein junges Mägdelein
geschlagen ach! sosehr
geraubet ihre Ehr!

O ihr Herren von Augsburg
ich hab eine Bitte an euch
wollt ihr den Kirchhof mir schenken
auf den ich ruhen mag!
auf den ich ruhen mag!

Der Kirchhof hört nicht unser
der Kirchhof hört der Stadt
dein Leib soll an den Galgen
dein Kopf wohl auf das Rad!
o weh was ein Schimpf ist das.

Es war ein feiner Zimmergesell

Es war ein feiner Zimmergesell
der war ein junges Blut
er baut einem jungen Markgrafen ein Haus
ein Haus und das war gut.

Als er das Haus ihm fertig hat
legt er sich drein und schlief
da kam des jungen Markgrafen Weib
mit ihrem schneeweißen Kleid.

Komm her du feiner Zimmergesell
schlaf diese Nacht bei mir
und wenn ich bei ihr entschliefe,
das brächte mich Morgen in Schimpf.

Das alte Kammerweib das kuckte zum Schlüsselloch ein
Markgraf das will ich ihm sagen, von seinem stolzen Wei
das liegt bei einem Zimmergesell
in ihrem schneeweißen Kleid.

Liegt er bei meinem Weibe
den Galgen will ich ihm bauen
den Galgen will ich ihm bauen
aus lauter Marmelstein.

Als sie wohl auf die Heide kamen
die Heide war weit und breit
was trug sie in ihrem Schuhe
drei tausend Dukaten an Gold.

Komm her du feiner Zimmergesell
das Geld das geb ich dir
und wenn du das Geld verzehret hast,
so wende dich wieder zu mir.

Ei Mädel du bist voller Witz

Ei Mädel du bist voller Witz
bau mir ein Haus auf ne Nadelspitz
und in das Haus so viel Fenster drein
als Sterne in dem Himmel sein.
Und auf jedes Fenster n eisern Mann
daß einer den andern anschauen kann.

Bis alle Gräben voll Wasser stehn
und alle Wasser aufwärts gehn
und alle Bäume Feigen tragen
werd ich kommen und dir die Antwort sagen.

Rätsel

(Aus Ippinghausen)

Die Leber ist schwarzbraun und lieblich
Junggesellen sein falsch und betrieglich
mit den Händen tun sie wenken
mit den Herzen tun sie kränken
mit den Füßen tun sie scharren
machen sich selber zu Narren.

Willingshäuser Kirmeß.

Rätsel

(Aus Ippinghausen)

Hätt ich ein Leber wie ein Hahn,
könnt ich schwimmen wie ein Spatz
so wär ich aller Junggesellen ihr Schatz.

Weil ich aber das nicht kann
so will mich kein Hunsfot han.

Wir baun die Merseburger Brücke

Wir baun die Merseburger Brücke
wer hat sie denn zerbrochen?
der Goldschmied der Goldschmied
mit seiner schönen Tochter
was kriegen wir denn zu Lohne?
eine goldne Krone
geht alle zu geht alle zu!
den letzten wollen wir fangen
mit Spießen und mit Stangen.

(Kinder machen Kreis, zwei halten und ziehen durch,
der letzte muß sich hinten anstellen.)

Ich kann und mag nicht fröhlich sein

Ich kann und mag nicht fröhlich sein
wenn alle Leute schlafen
so muß ich wachen
muß traurig sein.

Ach Mädchen du sollst nicht traurig sein
im Rosengarten
will deiner warten
im grünen Klee.

Im grünen Klee sollt du nicht stehen
frei dir ein' Reiche
frei deines Gleiche
die dir gefällt.

Nach Geld und Gut da tracht ich nicht,
an Gottes Segen
ist alles gelegen
wers glauben tut.

Wers glauben tut, der ist nicht hier,
er ist ein König
er ist ein Kaiser
er führt den Krieg.

Ach Gott, wer hat dies Lied erdacht?
es habens gesungen
drei Jägers Jungen
zu guter Nacht.

Frage alle Bekannte

Frage alle Bekannte,
Frage alle Verwandte,
Frag alle Betrübte,
Frag alle Verliebte,
Frag Himmel frag Erden,
Frag was irgend gefragt mag werden:
Alle sagen, es sei
Nichts Schöners, als deutsche Treu.
Ja Englands Korallen,
Sie können gefallen,
Und Frankreichs Rubinen,
Sie können zwar dienen
Sie können zwar trutzen,
und Könige putzen:
Ich bleibe dabei:
Nichts Schöners, als deutsche Treu.

Fahr hin Schlenkerbein

Fahr hin Schlenkerbein
hast lang gefreit, hast doch noch kein'n
fahr hin Hochmut
ander Lieb tut auch gut

fahr hin du Schabhut
anderer Liebe ist auch gut.

Daß du mein Schätzchen bist

Daß du mein Schätzchen bist,
daß du es weißt,
daß du keinen andern liebst,
bis ich dich's heiß'.

Marie Marie

Marie Marie Mariechen
du hast ein schneeweiß Hemdchen an
es geht dir bis ans Kniechen
komm her ich greif dir dran.

Marie Marie Mariechen
warum wird dir dein Rock so kurz
er geht dir bis ans Kniechen
Marie Marie Mariechen.

Es sitzen zwei Sterne am Himmel

Es sitzen zwei Sterne am Himmel
leuchten heller als wie der Mond,
der eine scheinet auf mein Feinsliebchen
der ander über Berg und Tal.

Des Morgens in der kühlen Zeit

Des Morgens in der kühlen Zeit
so sitzet der Vogel auf einem grünen Zweig
   welchen hübschen Klang
   hat dieser Gesang
   in dem Garten da ist mir gar nicht bang.

Ach Gärtner mein lieber Gärtner mein
auf solche Weise kriegst du mich nicht herein
   welchen hübschen Klang
   hat dieser Gesang
   in dem Garten da ist mir gar nicht bang.

Ich gedenke noch einmal reiche zu werden,
aber nicht an Geld oder Gut
wenn ich erlange das ewige Leben
so bin ich reiche genug
   welchen hübschen Klang
   hat dieser Gesang
   in dem Garten da ist mir gar nicht bang.

Das ewige Leben das ewige Reich
das macht den König und den Armen so gleich
   welchen hübschen Klang
   hat dieser Gesang
   in dem Garten da ist mir gar nicht bang.

Es wollt gut Jäger jagen

Es wollt gut Jäger jagen
wollt jagen ins Himmelsthron
was begegnet ihm auf der Heiden
Maria die Jungfrau schon.

Den Jäger den ich meine
der ist uns wohl bekannt
er jagt mit einem Engel
Gabriel ist er genannt.

Der Jäger blies in sein Hörnelein
es lautet also wohl
gegrüßt seist du Maria
bist aller Gnaden voll.

Gegrüßet seiest Maria
du edle Jungfrau fein
dein Leib soll dir gebären
ein kleines Kindelein.

Dein Leib soll dir gebären
ein Kindelein ohn einen Mann
der Himmel und die Erden
einstmals bezwingen kann.

Maria die viel reine
fiel nieder auf ihre Knie
dann bat sie Gott vom Himmel
dein Will gescheh allhie.

Dein Will der soll geschehen
ohn Pein und sonder Schmerz
da empfing sie Jesum Christum
unter ihr jungfrauliches Herz.

Amen.

Du liederlichs Bürschchen

Du liederlichs Bürschchen
du mußt dich bekehren!
Aus liederlichen Leuten
kann auch noch was werden!

Es schmeckt mer kein Essen

Es schmeckt mer kein Essen
es schmeckt mer kein Trinken
und wenn ich soll arbeit
so mögt ich versinken
kurz wenn ich mei Trutschell
net bal wieder seh
so muß ich vergeh.

Und wenn ich gestorbe sei
lat mich begrabe
und lat mer vom Schriner
zwei Bretcher abschabe
und lat mer zwei firige Herzer druf mahle
ich kann se bezahle.

Und lat mer anstimme
die Sterbegesänge
do leit nu der Esel
die quer und die Länge
der allzeit gesteckt hat in Liebesaffäre
zu Drecke muß were.

Es ist allhier in dieser Pfarr

Es ist allhier in dieser Pfarr gucku gucku gucku
kein so aufgeblasener Narr, wie du, wie du.

Und wenn er auch von Adel wär gucku
so ging er nicht so stolz daher, wie du.

Trägt einen langen Degen zwar, gucku
und prangt daher mit falschem Haar, wie du.

Er macht ein saures Angesicht, gucku
hat aber kein Courage nicht, wie du.

Wenn man den Narren schicket aus, gucku
kommt wieder der alte Narr heraus, wie du.

Ei wollt ihr wissen wer er ist gucku
ein rechter Stockfisch ists wie du :/:

Geh ich in Wald hinaus

Geh ich in Wald hinaus,
such Pfifferling
such ich ein kleine Weil,
find ich ein große Zeil,
gelb Pfifferling.

Man sagt der Ehestand
ist zwar ein hartes Band
ist wie die Täubling halt
und wie die Pilzling gestalt
   ein Pfifferling.

Ist um die Jungferschaft
gar ein schöns Ding
auf einmal gehts zu Grund
daß mans nicht mehr halten kunnt
   den Pfifferling.

An Finger hat man gesteckt
schau diesen Ring
das ist ein schlechte Sach
wenn mans beim Licht betracht
   den Pfifferling.

Junges Weib macht dem Mann
allerhand Sprüng
setzt ihm gar Hörner auf
gibt ihm zu seim Leihkauf
   ein Pfifferling.

Was sagst mein saubrer Mann
zu diesem Ding?
Du solltest von Rechts wegen
nach gestreckter Läng herlegen
den Pfifferling.

Laß mich einmal aufsteigen
schau was ich tu
ob es ein Mädel wird
oder ein Bub.

Wenn es ein Mädel wird
nach ists halt recht
wenn es ein Bub wird
gibt er ein Hausknecht.

Bin ich ein altes Weib
hab ein junga Ding
hast ja an mir schon gnug
denkst wie des Goldschmieds Bub
leck Pfifferling.

Das Lied vom Pfifferling
das hat ein End
wer mich recht zahlen tut
der ist ein braver Bub
kein Pfifferling.

Ach du lieber Augustin

Ach du lieber Augustin
's Geld ist weg, 's Mädel ist hin
ach du lieber Augustin
alles ist hin!

Ach du lieber Augustin
wollt nach dem Geld nichts fragen
könnt ich nur 's Mädel wieder haben.

Ach du liebe Einsamkeit
liegst im Bett, hast keine Freud

Ach du liebe Jungferschaft
liegst im Bett hast keine Kraft

Ach du lieber Augustin
's Geld ist weg, 's Mädel ist hin
ach du lieber Augustin
alles ist hin.

Tanzt man eins her und hin
schlägt man sichs aus dem Sinn
ei mein lieber Augustin
's Mädel ist hin.

Bin ich nicht ein armer Bauer

Bin ich nicht ein armer Bauer
das Leben wird mir allzu sauer
das Leben wird mir allzu schwer
ich wollt daß ich kein Bauer wär.

Bin ich nicht ein armer Bauer
in meinem Pflug ist nur ein Rad
in meiner Egg fehlt auch ein Zink
so kann der Bauer fahren hin.

Bin ich nicht ein armer Bauer
drei Pferd hab ich in meinem Stall
das ein ist blind das ander ist faul
das dritt das hat kein Zahn im Maul.

Ei soll denn dies mein Hauskreuz sein
mein Frau sauft sich voll Branntewein
komm ich nach Haus so ist sie voll
und ich bin alle Tage toll.

Mein Haus das sieht ganz löchrigt aus
die Mäuse schauen zu den Löchern raus
die Mäus sind Herr und ich bin Knecht
drum komm ich nimmermehr zurecht.

Ich habe mein feins Liebchen

Ich habe mein feins Liebchen
so lange nicht gesehn,
ich hab sie gestern Abend
wohl vor der Tür sehn stehn
sie sprach ich sollt sie küssen
die Mutter sollts nicht wissen
die Mutter wards gewahr
die Mutter wards gewahr.

Ach Tochter willst du freien
es wird dich schon gereuen
gereuen wird es dich
wenn alle junge Mäderchen
mit ihr grasgrünen Kränzerchen
wohl auf den Tanzboden gehn
so mußt du schönes junges Weibchen
mit deinem feinen zarten Leibchen
wohl bei der Wiege stehn.

Wen hast du rein gelassen?
Den Reuter von der Straßen
den Jäger aus dem Schloß
ach hätte das Feuer nicht so sehr gebrennt
so hatten wir beide uns nicht gekennt
das Feuer brennt so sehr
die Liebe noch viel mehr
das Feuer kann man löschen
die Liebe nicht vergessen
ja nun und nimmermehr
ja nun und nimmermehr.

Mein Schatz der geht den Krebsgang

Mein Schatz der geht den Krebsgang
das kränket mich so sehr
mein Schatz liebt jetzt ein andres Herz
das tut mir gar so weh.

Es fliegt so manches Vögelein
ein ander in sein Nest
es ißt und trinkt gleich was es will,
dazu das allerbest.

Bist du ihr ins Nest geflogen
so flieg auch wieder heraus
so bist du doch mein Schatz gewesen
was soll ich machen daraus.

Ich hab ein' Kopf und der ist toll
ist alle Tage voll
von Wankelmut Bekümmernis
ist er alle Tage voll.

Ich hab ein' Kopf und der für mich
ein jeder ein für sich,
so lang ich ihn beschützen kann
laß ich ihn nicht im Stich.

Ein Trauerkleid laß ich machen
um deinetwegen nicht,
ich hoff es wird gereuen dich
daß du verlässest mich.

Als ich ein junges Mädchen war

Als ich ein junges Mädchen war,
Nahm ich einen alten Mann
Ich hatt ihn kaum 3 Tage
Ti Ta Tage
Hat michs schon lang gereut.

Ging ich in die Kirch hinein
und bat den lieben Gott
Ach lieber Gott von Sachsen
Si Sa Sachsen
Hilf mir von dieser Plag.

Und als ich wieder nach Hause kam
Mein Alter der war tot
da bestellt ich mir Roß und Wagen
Wi Wa Wagen
und fuhr meinen Alten fort.

Und als ich auf den Kirchhof kam
das Grab war schon gemacht.
»Ihr Träger geht fein sachte
Si Sa sachte
daß er nicht wieder aufwacht.«

Als ich wieder nach Hause kam
Alle Winkel standen voll
es dauerte kaum 3 Tage
Ti Ta Tage
Hatt ich einen jungen Mann.

Als ich den jungen Mann hett
Schlug er mich alle Tag.
Ach lieber Gott von Sachsen
Si Sa Sachsen
hilf mir von dieser Plag.

Ach hätt ich meinen Alten noch
er hatt mir gute Supp gekocht
ach Alter ach Alter
Si Sa Alter
hätt ich meinen Alten noch.

Auf jenseit dem Wasser

Auf jenseit dem Wasser
da steht ein neues Haus,
da gucken alle Morgen
drei schöne Reuter heraus.

Der eine mit den schwarzbraunen Augen
der soll mein eigen sein
ach Mutter herzliebste Mutter geb sie mir
guten Rat
ob ich den Reuter nehme.

Ach Tochter herzliebste Tochter,
bleib du noch ein Jahr bei mir
Ach Mutter herzliebste Mutter
der Reuter ist lieber mir.
Der Reuter ist mir lieber

als all ihr Hab und Gut
Ei! so packe deine Kleider,
und scher' dich mit dem Reuter fort.

Ach Mutter herzliebste Mutter
der Kleider hab ich nicht viel
Geb sie mir hundert Taler
so kauf ich was ich will.
Ach Tochter herzliebste Tochter,
der Taler hab ich nicht viel,
die hat dein Vater verrauschet
in Würfel und Kartenspiel.

Hat die mein Vater verrauschet
in Würfel und Kartenspiel
ei so erbarm sich der liebe Gott im Himmel
daß sie und der Vater noch ist.

Ach, daß Gott erbarm

Ach, ach, ach, ach, daß Gott erbarm
ich such meinen Schatz in andern sein Arm
den ich nicht mag, den seh ich alle Tag
den ich begehr, kommt nimmer daher.

Ach junger Gesell ich rat es dir nicht
die Berge sind hoch, du steigest sie nicht
drei hohe Berge, drei spitzige Dorn
laß ab von mir, 's ist alles verlorn.

Ach junger Gesell, ich rat es dir nicht
die Wasser sind tief, du gründest sie nicht
die tiefen Wasser haben keinen Grund
laß ab von mir, 's ist alles umsunst.

Ach Herzchen ach Schätzchen

Ach Herzchen ach Schätzchen wie kränkest du mich
die Leute die sagen du schliefest bei mich
wenn es der liebe Gott weiß, daß ich unschuldig bin
so kommet der Tod und holt mich hin.

Sterb ich dann so bin ich tot
so begraben sie mich unter die Rosen rot
Rosen rot wohl vor die Kirchtür
da kommt mein Schatz alle Sonntag für
biet er mir dann kein Gutentag
so nimmt er doch sein Hütlein ab
bis in das Grab
Adje Adje ach gute Nacht.

Als Gott die Welt erschaffen

Als Gott die Welt erschaffen
und allerhand Getier
konnt er nicht ruhig schlafen
er hat noch etwas für.

Die Welt soll völler werden
dacht er in seinem Sinn
er nahm eine Hand voll Erde
und macht ein Mann darin.

Kaum hat er ihn gestalten
blies er gar heftig dran
da war ja nun alsbalden
Adam der erste Mann.

Der Stein wo Adam saße
der war so kühl und naß
es fror ihn über die Maßen
da legt er sich ins Gras.

Der Herr der kam zum Schleiche
das man ihn ja nicht spür
er nahm aus Adams Seite
die gemachte Ripp herfür.

Als Adam das verspürte
erschrak er gar so sehr.
Allwo ich nun hingreife
ist keine Rippe mehr

Adam sei du zufrieden
stell dir sie wieder zu
vor Schaden ich behüte
schlaf du in guter Ruh.

Ein Weib will ich draus machen
ein wunderschönes Tier
Du sollst selbst darüber lachen
schau her sie steht schon hier.

Kannst du so viel draus machen
Mein lieber Gott und Herr
aus einer Rippe machen
so nimm ihr noch viel mehr.

Mein vielgeliebte Rippe
sei tausendmal willkommen
hier hast du Hark und Schippe
grab hier das Feld herum.

Bo soll wir dann spazieren gehn

(Aus Ippinghausen)

Bo soll wir dann spazieren gehn mein liebster Fennerich?
den breiten Weg, mein liebstes Lischen,
komm diese Nacht und schlaf bei mir.

Borauf sollen wir denn schlafen, Herr Fennerich?
auf einem Strohsack, mein liebstes Lischen
komm diese Nacht und schlaf bei mir.

Wan nun der Strohsack ein Loch hat, Herr Fennerich?
dann wollen wir ihn stoben, mein liebstes Lischen,
komm diese Nacht und schlaf bei mir.

Bo mit sollen wir ihn stoben, Herr Fennerich?
mit meiner Nadel, mein liebstes Lischen,
komm diese Nacht und schlaf bei mir.

Ban nun die Nadel stumb ist, mein Herr Fennerich?
so wollen wir sie schleifen, mein liebstes Lischen,
komm diese Nacht und schlaf bei mir.

Womit sollen wir dann netzen, mein Herr Fennerich?
mit Junfernwasser, mein liebstes Lischen,
komm diese Nacht und schlaf bei mir.

Bo sollen wir dann das kriegen? Herr Fennerich?
in der Wiege mein liebstes Lischen
sollen wir Junfernwasser kriegen
komm diese Nacht und schlaf bei mir.

Ich stund auf hohem Berge

(Mündlich in Hessen aus Ippinghausen)

Ich stund auf hohem Berge und schoß ins tiefe Tal
da kam ein Scheflein geschwummen darinnen drei Gräfen saß

Die jüngste von den Gräfen die in den Scheflein saß
die gabs mich einmal zu trinken kühl Wein aus einem Glas.

Was hats an ihrem Fingerlein ein goldens Rinkelein
nimm hin du hübsche du feine das solls ein Denkmal sein

Bist dus ein armes Mädchen hast weder Geld noch Gut
so gedenk an Gottes Segen der dich erneren tut.

Ich frage nach keiner Liebe nicht mehr und auch nach
keinem Schatz.

Der Herr wohl zu seim Reitknecht sprach sattel mir und
dir zwei Pferd
mir wollens ein wenig ausreiten der Weg ist reitenswert.

Und als ich vor das Kloster kam wohl vor das Klostertor
da fragten sie nach der Jüngsten die zelest ist kommen
rein

Es ist ja keine rein gekommen, es kommt auch keine raus
wollt ihr das Kloster anstecken das schöne Gotteshaus.

Es kommt ein Nünchen gegangen in ein schneeweißen
Kleid
ihre Haare waren geschnitten zur Nonne war sie bereit.

Wer nun ein faules Gritchen hat

(Mündlich in Hessen aus Ippinghausen)

Wer nun ein faules Gritchen hat
der nehm es wohl in Acht
das schläft ja allen Morgen
bis daß die Sonne scheint.

Als nun der Vater aus dem Holze kam
schläft faules Gritchen noch.
Schlaf du zu tausend Teufel
unser Hirt ist schon im Wald
unser Kuh steht noch im Stall.

Faul Gritchen aus dem Bettchen sprang
den Rock in ihre Hand sie nahm
sie tät das Kühlein melken
mit ungewaschner Hand
ist das nicht eine große Schand.

Als sie die Kuh gemolken hat
da maß sie Wasser zu
sie sprach zu ihrem Vater
so viel gibt unser Kuh
das macht die liebe lange Ruh.

Sie nahm das Rütlein in die Hand
und trieb das Kühlein nach
sie tät das Kühlein jagen
bis in den kühlen Wald
da sie den Hirten fand.

Ach nun mein lieber Hirte mein
was hab ich euch getan
daß ich muß alle Morgen
bis in den grünen Wald?

Gibst du mir nun die Buttermilch
wie ander Weiber tun

so will ich dir alle Morgen
pfeifen vor deiner Tür:
  faules Gritchen komm herfür.

Gibst du mir nun die Buttermilch
die süße auch dazu
so will ich dir alle Morgen
pfeifen vor deiner Tür:
  faules Gritchen komm herfür!

Wan sollen die Soldaten marschiren?

(Aus Ippinghausen)

Wan sollen die Soldaten marschiren?
Cabedin, Leudenant Fennerich Schersand
krig das Medel bei der Hand
  Kammeraden Soldaten.

Sobald die Tromme tut rühren
sollen die Soldaten marschiren
Cabedin Leudenant Fennerich Schersand
krig das Medel bei der Hand
  Kammeraden Soldaten.

Was sollen die Soldaten eßen?
Cabedin Leudenant Fennerich Schersand
einen Kalbsbraden
sollen die Soldaten haben
  Kammeraden Soldaten.

Was sollen die Soldaten trinken?
(fehlt)

Wo kommen die Soldaten in den Himmel?
   Kammeraden Soldaten.
auf einem weissen Schimmel
kommen die Soldaten in den Himmel.

Wo kommen die Soldaten in die Hölle?
(fehlt)

Wo sollen die Soldaten schlafen?
   Kammeraden Soldaten
auf einer grünen Strasen
   Kammeraden Soldaten

Es ritten drei Reuter wohl über den Rhein

(Bei Dillenburg)

Es ritten drei Reuter wohl über den Rhein,
   Schnapp aus!
Es ritten drei Reuter wohl über den Rhein
sie kehrten bei einer Frau Wirtin wohl ein
   schnapp aus, schnapp wieder
   saufs aus, gibs wieder! Schnapp wieder!

»Frau Wirtin hat sie es fein Töchterlein, Schlapp aus.
die uns kann schenken gut Bier und Wein.«

Feins Töchterlein, das hab' ich gar wohl
wie's eine Frau Wirtin haben soll.

Der erste der sprach; das Madel ist mein
ich hab ihm gegeben ein Ringelein.

Der zweite der sprach, das Mädel ist mein,
ich hab ihm gegeben mein Händelein.

Der dritte, der sprach, wenn ich es nicht wär,
wir wollens teilen aus'nander mit dem blanken Schwert.

Sie legten das Mädel wohl auf den Tisch,
sie teiltens ausnander, wie gebratenen Fisch.

Und wo ein Tröpflein Blut hinsprang
da saß ein Englein und das sang:

Wo das Engelein saß und sang,
da war ein Glöckchen und das klang.

Die Glocken lüten dem Mädel wohl ein
und die Raben, die sangen die Mörders wohl ein.

Das Mädel das kriegt von Gold einen Sarg,
die Mörders die kommen wohl unter das Rad.

Es wachsen die Lilien auf ihrem Grab,
da kommen drei Reuter und brechen sie ab.

Sie stecken sie auf ihren grasgrünen Hut,
sie machen sich dabei einen frischen Mut.

acta.

Rekruten kann man finden

(Aus Ippinghausen)

Rekruten kann man finden so viel man haben will
Soldat muß alles werden, es sei dann Knecht oder Mann
kam ein Schandarm geritten ganz leissig auf mich zu
mit List hat man mich gefangen, als ich beim
Mädchen schlief
Dem Kaiser will ich dienen so lang ich leben tu
und werd ich dann erschossen legt man den
Leib ins Grab,
da liegen die Kameraden sind alle in eine Gruft begraben,
ach Gott erbarme dich, vielleicht betriffts auch mich.
Als sie's, die Mutter hörte schreit sie um ihre Kinder
der Vater um sein' Sohn, die Schwester um ihren Bruder,
die Frau um ihren Mann.

O du stolze Gräserin mein

(Aus Ippinghausen)

O du stolze Gräserin mein
du grasest mir alle meine Wiesen herauf
ich habe noch ein kleines Wieselein
was gibst du für ein Bändelein
ich habe noch ein kleines Siegelein (Ziegelein).
Dein (Wieselein) begehr ich nicht
und meinen roten Mund den kriegst du ja nicht
ich bin ein großer Schalk ich betrüge dich
ich bin ein wackres Mädchen ich verführe dich.

Und wenn du willst mein Bruder sein

(Mündlich in Hessen aus Ippinghausen)

Und wenn du willst mein Bruder sein, so trink mir
einmal zu,
herzliebster Bruder trink einmal, so leben wir ich und du.
Und wenn ich einmal gestorben bin, so hat die Liebe
ein End
es liebt ein jeder was er will die schönste in der Welt
die ihm am besten gefällt
Das Mädchen das ich gerne seh das schläft im andern
Land
das ist mir wohl bekannt
es schläft in seines Vaters Land das ist mir wohl bekannt.
O weh ich armer Bursch was sollt ichs fangen an
ich schlaudere mich wohl hin und her, hin und her
bald hie bald da bald dort jetzt muß ich reisen fort.

Wenn Mann ein böses Weib hat

(Mündlich im Dillenburgischen)

Wenn Mann ein böses Weib hat
ist der nicht übel dran
der muß ja alle Morgen
bei Zeiten früh aufstahn
muß geiten Feuer an.

Die Frau die nahm ein Kübel
ein Kübel in ihre Hand

die tät ihr Kühgen melken
   mit ungewaschner Hand
   das war der Frau ihr Schand.

Und als die Frau gemolken hat
   brav Wasser schütt sie zu
sieh da mein lieber Johannes,
   was Milch gibt unsre Kuh
   das macht die Morgenruh.

Die Frau die nahm ein Stecken
   ein Stecken in ihre Hand
sie tät ihr Kühgen treiben
   wohl über die grüne Heiden
   bis sie den Hirten fand.

Ach Hirtchen liebstes Hirtchen mein,
   was hab ich dir getan
daß du mir alle Morgen
mein Kühgen läßst verborgen
   mein Kühgen in meinem Stall?

Warum bringst du mir keine Buttermilch
   wie andre Weiber auch,
blies ich dir alle Morgen
   präcis vor deiner Tür
   Frau Faulin geh herfür!

Und als die Frau nach Hause kam
   das Mus war ihr verbrannt,
sieh da mein lieber Johannes

das Mus ist uns verbrannt
der Hirt bringt uns zu Schand.

Die Frau die hob ihr Hemdchen auf
und pißt wohl in das Mus
sieh da mein lieber Johannes
das gibt gut Fett ins Mus
das in dem Garten wuchs.

Mein Schätzchen lief zum Berg hinaus

(Mündlich aus Wilmshausen)

Mein Schätzchen lief zum Berg hinaus
in bitterlichem Weinen
mein Schatz wo willst du hin
du sollst bei mir bleiben.

Was soll ichs dann ja bei dir tun
was soll ichs bei dir machen
du hast einen andern lieb
das muß ich lachen.

Hastu ein andern lieb
und liebest ihn von Herzen.

Es sein viel Mannsleut in der Welt
sie sein so falsch als wie das Geld
wer auf diese Liebe baut
der ist betrogen.

Ich stand auf hohem Berge

(Mündlich aus Wilmshausen)

Ich stand auf hohem Berge
und schaut ins tiefe Tal
da kam ein Schiff geschwommen
darinnen drei Gräfinnen saßen.

Die jüngste die darunter war
die in dem Schiffe saß
gab mirs einmal zu trinken
kühlen Wein aus ihrem Glas.

Was zog sie von ihrem Finger
ein goldenes Ringelein
sieh an du hübsche du feine
das solls ein Denkmal sein.

Was soll ichs mit dem Ringlein tun
wenn du mirs nicht werden kannst
ich bin ein armes Mädchen
hab weder Geld noch Gut.

Bist dus ein armes Mädchen
hast weder Geld noch Gut
so gedenk an Gottes Segen
wenn dirs gefallen tut.

Auf den Bergen fließt ein Wasser

(Aus Wilmshausen)

Auf den Bergen fließt ein Wasser
wenn das all' wär kühler Wein
wär es lauter kühler Wein
sollst du Schatz mein eigen sein.

Auf dem Wasser schwimmt ein Fisch
lustig weils noch ledig ist
o wie weh o wie weh
schönster Schatz ich sag Ade.

Schätzchen reich mir deine Hand
zu getreuem Liebespfand
o wie weh wenn ich geh
schönster Schatz ich sag Ade
einen Kuß zum Beschluß
weil ich von dir scheiden muß.

Ach Junggesell

(Aus Wilmshausen)

Ach Junggesell ich rate dirs nicht
die Berge sein hoch, du steigest sie nicht
die Wasser die sein ohne Grund
und all deine Mühe ist doch umsunst.

Schatz du sagst, du wollst mich nehmen

Schatz du sagst, du wollst mich nehmen
wann der Sommer kommt,
Nun ist der Sommer kommen
du hast mich nicht genommen
vielleicht geschieht es noch.

»Und wenn wir uns schon nehmen
so haben wir kein Haus
wir bauen uns ein Hüttchen
und kochen uns ein Süppchen
und schauen oben heraus.«

Es steht ein Wirtshaus an dem Rhein

Es steht ein Wirtshaus an dem Rhein,
da kehrt ein braver Fuhrmann ein,
so, so, so mein Fuhrmann so
Frau Wirtin habt ihr ein gut Glas Wein,
um sechs um sieben, acht oder neun.
Ein gut Glas Wein das hab ich wohl
wie es der Fuhrmann haben soll
so, so, so, mein Fuhrmann so.

Frau Wirtin habt ihr ein gut Stück Fleisch
das nicht zu mager nicht zu feist
so, so, so, mein Fuhrmann so
ein gut Stück Fleisch das hab ich wohl

wie es der Fuhrmann haben soll
so, so, so, mein Fuhrmann so.

Frau Wirtin habt ihr ein gut Stück Käs
der nicht zu sauer nicht zu räß?
so, so, so, mein Fuhrmann so
ein gut Stück Käs das hab ich wohl
wie es der Fuhrmann haben soll
so, so, so, mein Fuhrmann so.

Frau Wirtin habt ihr ein Tochter im Haus
die mir auch hilft spannen aus?
so, so, so, mein Fuhrmann so
eine Tochter im Haus die hab ich wohl,
wie es der Fuhrmann haben soll
so, so, so, mein Fuhrmann so.

Frau Wirtin habt ihr ein Kammer im Haus
wo ich kann gehen ein und aus?
so, so, so, mein Fuhrmann so
eine Kammer im Haus, die hab ich wohl,
wie es der Fuhrmann haben soll
so, so, so, mein Fuhrmann so.

Frau Wirtin habt ihr ein gut Bett im Haus
darin ich auch kann ruhen aus,
so, so, so, mein Fuhrmann so
ein Bett im Haus das hab ich wohl,
wie es der Fuhrmann haben soll
so, so, so, mein Fuhrmann so.

Blaubartlied

Es sitzt gut Ritter auf und ritt
er schwung sich auf und sang ein Lied
er hebet sich an zum Singen
daß ein in den Wald tut klingen.

Brauns Mädichen unterm Laden stand
sie horchet wer darinnen sang,
ach könnt ich was kann dere
drum gebet ich meine Treu und meine Ehre.

Brauns Mädichen wollt ihr mit mir gan
ich will euch lernen was ich kann
ich will euch lernen singen
ein Gesang von dreierlei Stimmen.

Er nahm sie bei ihrm blauen Rock
und schwangs hinter ihm auf sein hohes Roß
er eilet gar geschwind und balde
darein in schwarzbraun Walde.

Sobald sie in den Wald nein kam
darinnen sie ja niemand fand
als nur ein Turteltauben
sitzt auf der Haselnußstauden.

Das Turteltäublein kann sich nieren
schöne Jungfrau laßt euch nicht verführen
dort sich ich ein kühlen Brunnen
der ist mit Blut umrunnen.

Horch an horch an Graf Ritter mein
was sagt das Turteltäubelein –
laß reden laß sagen es kennt mich nicht
kein solcher Mörderer bin ich nicht.

Er breit sein Mantel aufs grüne Gras
und sprach zu ihr im Niedersatz
könnt ihr mich nicht ein Weil lausen
mein goldgelbes Haar erzausen?

Sobald sie's erste Haar auszug
ein Zahr ihr aus den Augen floß
er schauet ihr unter die Augen
schön Jungfrau was tut ihr so trauren?

Weint ihr um eures Vaters Gut
oder um euern stolzen Mut
oder weint ihr um eure Ehr
die wird euch nicht mehr währen.

Ich wein nicht um meins Vaters Gut
wein auch nicht um mein stolzen Mut
dort seh ich ein breite Tannen
elf Jungfraun tun dran hangen.

Wein nicht wein nicht schöne Jungfrau mein
sonst mußt du die zwölfte dran sein
ach Ritter lieber Ritter mein
erlaub mir Schrei zwei oder drei.

Was willst du einmal schrein
kein Mensch merkt dir an bei
du schreist wie ein falsches Weib
kein Mensch wird dir an merken bei.

Den ersten Schrei den sie tut
schrie sie ihrem lieben Vater zu
ich lieb euch mein Vater kommt balde
sterben muß ich im finsteren Walde.

Den zweiten Schrei den sie tut
schrie sie ihrer lieben Mutter zu
ich lieb euch mein' Mutter kommt balde
sterben muß ich im finsteren Walde.

Den dritten Schrei den sie tut
schrie sie ihrem lieben Bruder zu
ich lieb dich mein Bruder komm fente
du wirst erfahren mein letztiges Ende.

Ihr Bruder war ein Jägersmann
der alle Tierlein biegen (zähmen) kann
sein Hündlein mußten ihm schweigen
sein Schwester hört er schreien.

Sobald er in den Wald nein kam
ein Räuber von ihr weg sprang
er nahm sie bei ihr weißen Hand
und führt sie mit in sein Vaters Land.

Zu Haus da mußt sch im finsteren Walde.
mußt spinnen die kläreste Seiden.

Lied vom schwarzbraunen Madel

Es reit ein großer Herre zum Wein
ganzer acht Tag kam er nicht heim
den neunten Tag den er heimgeht
sein allerliebster Sohn ihm entgegenträt.

Ach Vater liebster Vater ach mein
was bringet ihr mit von dem Mädekeller Wein
ach Sohn ich bring dir allzu viel
am allerhöchsten Galgen da hab ich dich verspielt.

So bald seine Stiefmutter das Wort vernahm
so bald sie zu der Natherin sprang
ach Nätherin herzliebste Nätherin mein
mach meinem herzliebsten Sohn ein Hemedlein.

Machets ihm nur lang machets ihm nur weit
mein allerliebster Sohn muß heut noch scheiden weit
sobald die Nätherin das Wort wahrnahm
sobald der Hof voller Reiter stand.

Keiner wollt ihn führen aus
seine Stiefmutter führt ihn selbst hinaus
sobald seine Schwester das Wort vernahm
sobald sie vor die Herren sprang:

Ach Herrn ach liebste Herrn ach mein
gebts mir zu erlösen mein liebstes Brüderlein
ich will euch geben viel Silber und Gold
wie mirs mein Vater hinterlaßen tut.

Kein Silber und kein Gold das nehmen wir nicht
außer ihr laufts neunmal nacket um den Ring
ja neunmal nacket um den Ring
so könnt ihr erlösen euer Mutter ihr Kind.

Sobald das Mädel das Wort wahrnahm
sobald sie in das Sängelein (Gebüsch) sprang
sie zieht sich aus ja mutternacket aus
und lauft neunmal nacket um den Kres (Kreis).

Sobald sies neuntmal ummer war
da heißt mans braun Mädiche stillestahn
steht still steht still wacker Mädelein
jetzt habt ihr erlöst euer liebes Brüderlein.

Ach Bruder herzliebster Bruder ach mein
leih mir dein schneeweiß Tüchelein
laß mich abwischen den heißigen Schweiß
ist mir vor Schand und Spott so heiß.

Ach Schwester herzliebste Schwester ach mein
laß dir vor Schande so heiß nicht sein
ja nacket und bloß werden wir allesamt geborn
hast du dafür das Himmelreich erworben.

Er nahm seine Schwester bei ihrer schneeweißen Hand
und führt sie mit in seins Vater Land
seine Stiefmutter wollt er jagen aus
mit seiner Schwester will er halten Haus.

Der oberste König an dem Rhein

Der oberste König an dem Rhein
der hat so schöne Töchter drei
die erste geht ins Kloster
die andre geht ins Große*

Die dritte geht ins fremde Land
das war ihr fremd und unbekannt
sie kam vor eine Frau Wirtin Tür
ganz leise klopfte sie herfür.

Wer ist daraus wer kloppet an
daß ich die lange Nacht nicht schlafen kann?
Ist drauß' ein armes Mädelein
sie wollt gerne ein Paar Jahr eure Dienstmagd sein.

Kein solche Dienstmagd brauch ich nit
die mir den meinigen Mann verführt –

den euren Mann verführ ich euch nicht
dazu ist mir mein Ehr viel zu lieb.

Das Mädelein bindt auf ihr goldgelbs Haar
sie dient der Frau Wirtin sieben Jahr
sieben Jahr und eine Stund
das Mädelein wird krank und nimmer mehr gesund.

Frau Wirtin geht in Keller hinein
tragt ihr auf ein Glas vom besten Wein
trinks aus trinks aus liebe Dienstmagd mein
sag mir nur wer deine Freund sollen sein.

Wann ichs euch gleich werd nennen
ihr werd sie doch nicht erkennen
der oberste König an dem Rhein
das ist der liebste Vater mein,

Die Königin ist meine Mutter
und der Kaiser ist mein Bruder.

Ach Mädelein warum hasts nicht ehnder gesagt
adeliche Kleider häst müssen tragen
keine adeliche Kleider die trag ich nicht
weil ich mich jetzt in den Tod hinein begib.

Ach Mädelein hab ich dir was Leides getan
so bitt ich dich verzeihe mirs nun
ja alles ist verziehen ja alles ist vergeben
wann wir wollen kommen in das ewige Leben.

* [See, ersäuft sich]

Lied von Andel Baderin

Es reiten drei Herrn zum Tore hinaus
sie reiten eine Baderin wohl vor ihr Haus.

Andel Baderin sollts früh aufstehn
und sollt ein wenig vor die Herrn ausgehn
der Herzog Albrecht der ist kommen.

Andel Baderin zieht an Hemmet schneeweiß
dadurch sah man ihren schneekreide weißen Leib
sie trat wohl vor die Herren.

Andel Baderin wollt ihr Herzog Albrecht verwägen
ein marmelsteinern Schloß das wolln wir euch geben
dazu ein wackern Herren.

Ja eh ich wollt Herzog Albrecht verwägen
viel ehr wollt ich sterben daß jedermann tät sehen
von wegen des Herzogs Albrecht.

Sie binden ihr die Hand wohl auf den Ruck
und führtens ganz schnell wohl auf die Bruck
das Wasser mußt sie anschauen.

Sie wickeln ihr den Prügel um ihr goldgelbes Haar
und stoßens in das Wasser hinab
darinnen mußt sie ersaufen.

Sobald sie in die Mitt hinein kam
den heilgen Nicolai den rufet sie an
o heil Nicolai hilf mir aus der Not.

Ich will dir lassen baun ein neues Gottshaus
  dazu ein ewige Messe.

Sobald sie auf das Land naus kam
der leidige Henker stand schon wieder da
  und stoßt sie hinab ins Wasser.

Ach leidiger Henker was hab ich dir getan
daß du bist meinem Leben so gram
  und stoßst mich wieder ins Wasser.

Du hast mir mein Lebtag nichts Leids getan
als daß du Herzog Albrecht willst han
  und bist nur eins Baders Tochter.

Steht an bis auf den dritten Tag
der Herzog Albrecht ist selbsten da
  Herzog Albrecht der ist kommen.

Ach ihr Herrn seids euer so viel gewest
und hat keiner für mein schöns Andel gebat.

Ach Vater wenn ihr mein Vater nicht wärt
so müßt ihr sterben wann Gott selbsten da wär
  von wegen meiner schönen Andel Baderin.

Ach Sohn ach Sohn reis über den Rhein
du bekommst schon wieder ein so wacker Mädelein
  nimm nur kein Bader Tochter.

Ach Baderstochter hin ach Bader Tochter her
mein lebtag bekomm ich so kein wacker Mädel mehr
als wie das Mädel ist gewesen.

Steht an bis auf den dritten Tag
der Herzog Albrecht ist selbsten tot
er hat sich selbst erschossen.

Jetzt müssen wir Herzog Albrecht begraben
und müssen allsamt goldige Badhörlen tragen
von wegen unsers Herzog Albrecht.

(Ecksteins Schwiegermutter. Febr. 1815.
Sie hat es in Deutschböhmen als Kind von einer alten Frau singen hören, so die zwei andern.)

Gott hats nicht

Gott hats nicht
der Teufel kriegts nicht
der Knecht gabs seinem Herrn
und hat es selber nicht

(Joh. der Täufer der Christum tauft)

Cassel d. 28ten Merz 1838

Wien am 25. Juny 1815

Er ging einsmals spazieren
wohl in das grüne Holz
was tät ihm aldorten begegnen
ein zart Jungfräulein stolz

Er tät sie freundlich grüßen
sie aber dankt ihm nicht
laß sie ab laß sie ab mein Knabe
ich bin deines Willens nicht.

Er nahm sie in der Mitten
wo sie am schwächsten war
und warf sie vor sich nieder
ins Laub ins grüne Gras.

Laß sie ab laß sie ab mein Knabe
ich werd dir nicht schenken das.

Zu Augsburg in dem Wirtshaus
da der Knab gut aß und trank
da kam dieselbe Jungfraue
ließ ihn setzen in Eisen und Band.

Zu Augsburg in dem Turm
wo der Knab gefangen saß
da kam sein liebe Frau Mutter
wünscht ihm ein guten Tag.

Schön Dank schön Dank Frau Mutter
ist das nicht Schand und Spott
daß ein so reicher Kaufmannssohn
muß leiden solche Not.

Ein Schand mag es wohl sein
o liebster Sohne mein
vor die Herrn will ich wohl treten
sie sollen dir gnädig sein.

Sie trat vor die Herrn von Augsburg
sollten ihm gnädig sein
Ja sein Kopf wohl auf ein Pfahl
sein Leib wohl auf das Rad
mein Knab wie gefällt dir das.

Ist dann der Brief schon kommen
daß ich schon sterben soll
so verzeih mir Herr mein Sünden
vergib mir meine Schuld
so stirb ich mit Geduld.

AUS ANDEREN LÄNDERN

Europa

Als Europa wonnetrunken
In des Lenzes Pracht versunken
Sinnend stand,
Und sie in den dunklen Wogen,
Wo die hellen Wolken zogen,
Sah vom Strand –

Fühlte sie der Sehnsucht Beben
Ihren Busen mächtig heben
Vor der Flut –
Und versenkt in ernstem Schauen
Schlich sich furchtbar stilles Grauen
Durch das Blut.

Doch von finstrer Ahnung Tücke
Wandte sie den Blick zurücke
Auf die Flur,
Eilt geflügelt hin zum Ziele,
Fühlt im heitern Jugendspiele
Freude nur.

AUS SCHWEDEN

Herr Peter und die schöne Margaretha

Herr Peter und schön Gretchen, sie saßen bei Tisch
  Treu Lieb laß dein Leid uns ermessen!
sie kosten, sie scherzten froh und frisch.
  Herzallerliebster! Dich kann ich nimmer vergessen!

Herr Peter sprach zu dem Liebchen sein:
Nächsten Sonntag soll meine Hochzeit sein.

»Soll nächsten Sonntag Eure Hochzeit sein,
Ihr vergönnt mir wohl dabei zu sein.«

Meine Hochzeit wird tief ins Land hinein,
es paßt dir nicht dabei zu sein.

»Wird Eure Hochzeit gleich tief ins Land hinein,
es paßt mir doch dabei zu sein.« –

Schön Gretchen erschrak ob solcher Mär,
das Herz ward ihr so voll und schwer.

Herr Peter wohl über die Tafel sprang,
ihm klirrten die Sporn, das Gewölb erklang.

Herr Peter hinaus zur Türe sprang,
es krachte die Füllung, das Schloß erklang.

Er rennt in die Koppel und sattelt sein Roß,
er reitet und reitet, und erreitet sein Schloß.

Schön Gretchen tritt heraus zur Tür,
sieht weinend ihn reiten und sieht ihn nicht mehr.

Herr Peter hält alles zur Hochzeit bereit,
Schön Gretchen bestellt sich ihr Hochzeitkleid.

Ihr Röcklein war von Güldenem Stab,
von grünem Scharlacken ihr Leibchen knapp.

Ihr Latz war mit Gold und Perlen gestickt,
die Arme mit demantnen Schnallen geschmückt.

Herr Peter schickt alles zur Hochzeit an
Schön Gretchen läßt ihren Klepper beschla'n.

Schön Gretchen reitet vors Hochzeits Tor,
ein sauberes Bürschgen tritt höflich hervor.

Schön Gretchen bindet ihr Roß an das Gatter Tor,
sie kämmet und krauset ihr goldgelb Haar.

Schön Gretchen tritt weinend in Herrn Peters Hof,
es flimmern die Schnallen, es rauschet der Stoff.

»Geh Bürschgen ins Hochzeitshaus hinein,
Sprich draußen hält ein Mägdlein hübsch und fein.«

Hält draußen ein Mägdlein hübsch und fein,
sie sei willkommen, sie trete herein.

Schön Gretchen trat in den Hochzeitssaal,
es mied sie Herrn Peters Augenstrahl.

Schön Gretchen trat herein zur Tür,
da brannten die Backen ihm und ihr.

Schön Gretchen du sollt willkommen sein,
ich schenke dir Met, ich schenke dir Wein.

»Ich begehre nicht Met, ich begehre nicht Wein,
ich begehre zu sitzen, bei dem Bräutchen dein.«

Du darfst nicht sitzen bei dem Bräutchen mein,
geh in Keller und hol uns Met und Wein.

Schön Gretchen mußte in Keller gehn,
man sah die Augen ihr übergehn.

Die Braut sprach zu den Dienern zween:
wer ist die Jungfrau fromm und schön?

»Herr Peters Schatz ists, reich und schön
sie ist gekommen die Braut zu sehn.«

Mehr wert als Herrn Peters Haus und Hof,
ist ihres Röckleins goldner Stoff.

Mehr wert als Herrn Peters Land und Sand
ist die Spange die ihren Fuß umspannt. –

Sie tranken einen Tag sie tranken zween,
die Braut nicht mochte zu Bette gehn.

Und als es Abend am dritten ward,
zu Bette verlangt dem Mägdlein zart.

Sie führten die Braut in Bräutgams Haus
Schön Gretchen trug Fackeln und Kerzen heraus.

Es setzt sich auf einen Stuhl die Braut
Schön Gretchen zog Schuh und Strümpfe aus.

Sie brachten die Braut und den Bräutgam zu Bett,
Schön Gretchen sie beide zudecken tät.

Schön Gretchen trat hinaus zur Tür:
gute Nacht ich seh Euch nimmer mehr.

Schön Gretchen ging in den Garten, der Mond schien klar,
sie erhing sich mit ihrem goldgelben Haar.

Herr Peter träumt ein böser Traum,
schön Gretchen hang am Apfelbaum.

Herr Peter hinaus zur Türe sprang,
es krachten die Dielen, das Schloß erklang.

Er rannt in den Garten, der Mond schien klar
da hing sie an ihrem goldgelben Haar.

Wie hangst du mein stolzes Gretchen hier,
ich war so hold im Leben dir.

Er ließ graben ein Grab so lang als breit,:
»hier wollen wir liegen Seit' an Seit'.«

Er ließ graben ein Grab so breit als lang,
»hie wollen wir schlafen nach Qual und Drang.«

Er stemmte sein Schwert wohl gegen den Stein,
er stach es sich tief ins Herz hinein.

Er stemmte das Schwert wohl gegen den Baum,
aus war sein Leben, erfüllt sein Traum.

Und als es tagt den Morgen darauf,
drei Leichen lagen in Herrn Peters Haus.

Herr Peter und Herrn Peters Liebchen traut,
Herr Peter und Herrn Peters junge Braut.

Sie nahm sich zu Herzen die bittre Not,
sie grämte so sehr sich, sie grämte sich tot.

Das Liedchen ist aus, die Leute sind tot.
Treu Lieb, laß dein Leid uns ermessen!
Bewahre uns Gott vor so bittrer Not.
Herzallerliebster dich kann ich nimmer vergessen!

(Om Herr Peder och liten Chirstin huruledes theras
kaͤrlek aͤr ploͤtsligen aͤndad worden
Herr Peder och Liten Chirstin de saͤto oͤfwer Bord
then aͤlskog wille wi begynna.
The tala så många skaͤmtes ord.
allerkaͤrestan min, jag kan eder aldrig foͤrglemma.)

AUS DÄNEMARK

Der Bär auf der Dalbyheide

Es geht ein Bär auf der Dalbyheide,
der ist so groß und breit,
bringt Ochsen und Pferd um auf der Weide.

Bringt Ochsen und Pferd um auf der Weide,
die Bauern geraten fast in Wut,
daß sie soll zwingen der Bär so gut.

Daß sie soll zwingen der Bär so gut,
da faßten sie all 'n neuen Rat,
den Bären z'greifen und z'schlagen tot.

Den Bären z'greifen und z'schlagen tot,
sie schickten ihre G'sellen ins Wäldlein gut,
der Bär auf der Lauer es hören tut.

Der Bär auf der Lauer es hören tut,
und spricht aufs beste die Worte hier:
was kommen für neue Gäste zu mir?

Was kommen für neue Gäste zu mir,
der Bär sprang aber herab aufs Land,
ein Christenmann da vor ihm stand.

Ein Christenmann da vor ihm stand,
sie ringen und streiten eine kleine Zeit,
der Bär bleibt oben, der Mann erleit.

Der Bär bleibt oben, der Mann erleit,
da kam ein Hofmann geritten fast,
der hört wies Herze dem Bauern barst.

Der hört wies Herze dem Bauern barst,
der Bär im Zorne wohl zu ihm sprach
du darfst nicht rennen, ich renne dir nach.

Du darfst nicht rennen, ich renne dir nach,
und werde dich noch bekommen wohl,
was du mir auch drohen und fluchen sollt.

Was du mir auch drohen und fluchen sollt,
greifst du mit Spieß und Hand mich an;
ich habe Klauen und scharfen Zahn.

Ich habe Klauen und scharfen Zahn,
sie streiten den ersten den andern Tag,
den dritten und danach keiner erlag.

Den dritten und danach keiner erlag,
den vierten aber das sollt ihr sehn,
da wirds mit dem Hofmann zu Boden gehn.

Da wirds mit dem Hofmann zu Boden gehn,
und du wirst nimmer ein Sieger von mir,
du stolzer Ritter, das sag ich dir.

Du stolzer Ritter, das sag ich dir,
eins Königs Sohn vordem ich war,
eine Königin mich zur Welt gebar.

Eine Königin mich zur Welt gebar,
und hat mich verwandelt Stiefmutter mein,
und wünscht, möcht ewig verloren sein.

Und wünscht, möcht ewig verloren sein,
hier bin ich gelaufen im wilden Wald,
der wilde Wald ist mein Aufenthalt.

Der wilde Wald ist mein Aufenthalt,
beides zu Sommer- und Winters Zeit
tat ich den Bauern viel Herzeleid.

Tat ich den Bauern viel Herzeleid,
hätten sie d' Stiefmutter umgebracht,
denn sie ist's die mich bezaubert hat.

Denn sie ist's die mich bezaubert hat,
sie tat und tat an mir so falsch
und band mir dies Eisenband um den Hals.

Und band mir dies Eisenband um den Hals,
kannst du dies Eisen zerbrechen nicht,
so blas' ich dir aus dein Lebenslicht.

So blas' ich dir aus dein Lebenslicht,
doch willst du ihn aber um Hülfe flehn,
Mariens Sohn wird bei dir stehn.

Mariens Sohn wird bei dir stehn,
und lösen durch dich das harte Band,
und helfen mit seiner rechten Hand.

Und helfen mit seiner rechten Hand,
der Hofmann macht ein Kreuz über ihn
das Band zerbrach, der Bär ging hin.

Das Band zerbrach, der Bär ging hin,
und ward ein Ritter so hold und fein,
und's Vaters Reich wurd wieder sein.

Und's Vaters Reich wurd wieder sein,
der Hofmann aber trug guten Lohn,
trug's Königs freundliche Schwester davon.

Trug's Königs freundliche Schwester davon,
sie lebten zusammen in Ehr und Freud,
der Stiefmutter aber kam viel Leid.

Der Stiefmutter aber kam viel Leid,
verwandelt in einen Kieselstein
leidet sie nun ewig die rechte Pein.

POLNISCHES VOLKSLIED

Geh nicht nach dem Städtchen
Knaben dort dich haschen;
bist ein schön jung Mädchen
Knaben gerne naschen! –

Willst wohl selbst mich lieben
fischen selbst im Trüben?
laß dirs nur vergehen
hab schon meinen Lieben.

Bin ein großes Fräulein
Krakau heißt mein Städtlein
elf Jahr bin ich schon und drüber
und noch ein Jungfräulein.

Nie chódź do miasteczka,
nie chciéy chłopców zwodzic,
boś młoda Dzieweczka
możesz sobie szkodzić! –

Nie kocháy sie we mnie,
bo to nadarémnie,
ja kochám innégo
cóz ci przyidzie ze mnie?

Jestem Panieneczka
z Krakowa miasteczka,
jedenáscie mi lat minelo,
j ieszczem Dzieweczka!

ALTRUSSISCHES VOLKSLIED

Der Jüngling:
Höre holdes Mädchen
du mein erstes Liebchen
sitze künftig nicht
abends lange auf
und verbrenne wartend
nicht die hohe Kerze.
Harre mein nicht mehr
bis der Morgen graut
denn ich siehe gebe
meine Hand auf ewig
einem andern Mädchen.
Ach der Vater will es
lebe wohl du Teure
und für deine Liebe
nimm den wärmsten Dank.

Da schrie laut das Mädchen
und mit bittern Tränen
rief sie Bösewicht
gib den Ring zurück
und nimm hin das Messer
mit dem goldnen Griffe
das du einst mir gabst
senk es in die Brust
in die treue Brust
die so heiß dich liebte.

Jüngling
Ach nur weine nicht
weine nicht mein Liebchen
siehe öftrer komm ich
künftig noch zu dir
keiner andern geb ich
jemals meine Hand
und mit fester Treue
lieb ich ewig dich
dich mein erstes Liebchen
Ach nur weine nicht.

Und des Mädchens Träne
trocknete dies Wort
nur im schönen Sommer
wärmt die Sonne recht
und die erste Liebe
bleibt die stärkste doch.

AUS FRANKREICH

Volkslied auf Heinrich IV.

Vive henry quatre
vive ce roy vaillant
ce diable à quatre
a le triple talent
de boire & de battre
et dêtre un verd galant.

Pariser Gassenhauer

(1807 wird zu Paris ein Gassenhauer gesungen,
der folgenderweise anfängt:)

Trempe ton pain Marie (bis)
trempe ton pain dans ma sauce
trempe ton pain Marie (bis)
trempe ton pain dans mon vin.

(Eine Einladung der gemeinen Säufer in den Cabarets außerhalb der Barriere an ihre Geliebten, die sie des Sonntags dahin auf den Tanz und zu einem Schmause führen.)

AUS ITALIEN

Bettina Brentano:

Italiänische Volkslieder bekommt
wer mich besucht sonst niemand, hier-
bey nur zwey Ritornelli als Azung

1.

Fiore de pepe
Tutte le fontanelle
Se sono secate
Povero amore mio
More di Sete.

2.

In mezzo al petto mio
È un giardinetto
Venite bello mio a spass – a spasso
Che io vi voglio dare
Un garofaletto

AUS DEN NIEDERLANDEN

Die ons dit Lietgen heeft te claren
was een Cuyper jongh van Jaaren
int vaaren hatte hy verdriedt,
het war hem selfs overgekommen
en voord eerste ondernomen
darom maecte hy dit Liedt.

AUS ENGLAND

Will ye gang to Fife, lassie?
will ye gang to Fife lassie?
there ye'se get partan-taes to pike,
and ye sall be my wife, lassie.

Lord Randal

Wo bistu gewesen, Lord Randal mein Sohn?
Wo bistu gewesen mein junger Mann schön? –
Im wilden Wald, Mutter, machs Lager mir bald
denn müde vom Jagen will ruhen ich gehn.

Wo hastu gegessen Lord Randal mein Sohn
Wo hastu gegessen mein junger Mann schön? –
Ich aß bei der Liebsten machs Lager mir bald
denn müde vom Jagen will ruhen ich gehn.

Was hastu gegessen Lord Randal mein Sohn
Was hastu gegessen mein junger Mann schön? –
Wohl Aale mit Brühe, machs Lager mir bald
denn müde vom Jagen will ruhen ich gehn.

Was ward aus den Hunden Lord Randal mein Sohn?
Was ward aus den Hunden mein junger Mann schön? –
Sie schwollen und starben, machs Lager mir bald
denn müde vom Jagen will ruhen ich gehn.

Man hat dich vergiftet, Lord Randal mein Sohn
Man hat dich vergiftet mein junger Mann schön! –
Vergiftet ja bin ich machs Lager mir bald
denn krank an dem Herzen will ruhen ich gehn.

Des Pachters Rückkehr

(Aus Yorkshire)

Ich ging in meinen Stall, da sah ich ei, ei
an Krippen standen Pferde, eins, zwei, drei:
herzliebes Weibchen! rief ich; was will mein Schatz? sprach sie;
wo kommen diese Pferde her? ich weiß nicht wie? –
potz Gimpel und kein Ende! wer sieht denn Pferde hier?
Milchkühe sind es, die Mutter schickt sie mir. –
Milchkühe? mit Sätteln? Wind über Wind!
ich bin ein Mann, Gott besser's! wie viele Männer sind.

Ich ging in meine Küche, da sah ich ei, ei
am Herde lehnten Stiefelpaar, eins, zwei, drei,
herzliebes Weibchen! rief ich; was will mein Schatz? sprach sie;
wo kommen diese Stiefel her, ich weiß nicht wie?
potz Gimpel und kein Ende, wer sieht denn Stiefel hier?
Bierkrüge sind es, die Mutter schickt sie mir –
Bierkrüge? mit Sporen? Wind über Wind!
Ich bin ein Mann, Gott bessers, wie viele Männer sind.

Ich ging auf meinen Vorplatz, da sah ich, ei, ei,
am Nagel hingen Hüte, ein, zwei, drei.
herzliebes Weibchen! rief ich; was will mein Schatz?
sprach sie;
wo kommen diese Hüte her? ich weiß nicht wie? –
potz Gimpel und kein Ende, wer sieht denn Hüte hier?
Milchwannen sind es, die Mutter schickt sie mir.
Milchwannen? mit Tressen? Wind über Wind!
ich bin ein Mann, Gott bessers! wie viele Männer sind.

Ich ging auf meinen Saal, da sah ich ei, ei!
auf Bänken lagen Säbel, ein, zwei drei:
herzliebes Weibchen! rief ich; was will mein Schatz?
sprach sie;
wo kommen diese Säbel her, ich weiß nicht wie? –
potz Gimpel und kein Ende, wer sieht denn Säbel hier?
Lerchenspieße sind es, die Mutter schickt sie mir. –
Lerchenspieße? mit Haukörben? Wind über Wind!
ich bin ein Mann, Gott bessers, wie viele Männer sind.

Ich ging in meine Stube, da sah ich, ei, ei!
auf Stühlen ruhten Wämser, ein, zwei, drei:
herzliebes Weibchen! rief ich; was will mein Schatz,
sprach sie;
wo kommen diese Wämser her, ich weiß nicht wie? –
potz Gimpel und kein Ende, wer sieht denn Wämser
hier?
Tischtücher sind es, die Mutter schickt sie mir. –
Tischtücher? mit Aufschägen? Wind über Wind!
ich bin ein Mann, Gott bessers! wie viele Männer sind.

Ich ging in meine Kammer, da sah ich, ei! ei!
in Betten schliefen Reiter, ein, zwei drei:
herzliebes Weibchen! rief ich; was will mein Schatz?
sprach sie;
wo kommen diese Reiter her, ich weiß nicht wie? –
Potz Gimpel und kein Ende, wer sieht denn Reiter hier?
Milchmädchen sind es, die Mutter schickt sie mir. –
Milchmädchen? mit Zwickelbärten? Wind über Wind!
ich bin ein Mann, Gott besser's! wie viele Männer sind.

Der Aufstand im Norden

Horcht mir zu, ihr lieben Leut'!
Merkt und horcht auf mich zur Hand,
ich sing euch von ein'm edlen Grafen,
dem edelsten Graf im Nordenland.

Graf Percy ist in sein'n Garten gangen
sein schönes Weib geht hinter ihm,
»Ein Vöglein sing mir in mein Ohr,
ich muß wohl fechten oder fliehn.«

»Nun Gott behüt es, lieber Herr!
daß je euch treffe solches Leid,
doch geht nach London hin an Hof
und bleibet treu der Redlichkeit.«

»O nein, o nein, du holdes Weib
ach nein, dein Rat behagt mir nit,

mein' Feinde sind so grimm und stark,
ich wage an den Hof kein'n Schritt.«

»O geh nach Hof, mein guter Herr,
und nehmt mit euch eur' wackre Leut,
wenn ichteswann euch Unbill droht,
so laßt sie stehn an eurer Seit.«

»O nein, o nein, du schönes Weib
der Hof ist voller Kniff und Tück
geh' ich, o liebes Weib an Hof
so komm' ich nie zu dir zurück.«

»Und dennoch geh an Hof, sie sprach
und selber will ich mit dir gehn,
und will für meinen lieben Herrn,
bei Hof als treuer Bürge stehn.«

»O nein, o nein mein liebes Weib,
viel lieber daß ich werd' erschlahn
als meine Lieb dem grimmen Feind
in Harm und Fährlichkeit zu lahn.«

»Komm her zu mir, du Leibbursch klein,
komm zu mir ohn Verweilen,
du mußt zu Junker Norton gehn,
so schnell du immer nur kannst eilen.«

»Und sag dem Ritter einen Gruß,
und bring hier diesen Brief zu ihm,

und sprich, ich ließ ihn ernstlich bitten,
er möchte doch mit mir ausziehn.«

Eine Weil' s'klein Knäbelein ging,
und eine Weil es sprang
bis es ans Weges Ende kam,
das Knäbelein nimmer stille stand.

Und als es zu dem Ritter kam
kniet' es nieder auf seine Knie,
sprach: mein Herr der grüßt euch schön,
und schickt diesen Brief euch hie.

Und als vor der wackern Kumpanei
der Brief gelesen was,
da ward, ich sag ein wahres Wort,
da ward wohl manches Auge naß.

Er sprach: »Komm her Christof Norton!
Siehst mir wie'n wackrer Jüngling aus,
was rätst mir nun, mein lieber Sohn
nun den Grafen trifft so harter Strauß.

»Vater mein Rat ist frank und frei
der Graf der ist ein edler Lord,
und was ihr auch ihm habt gelobt,
mögt ihr nicht brechen euer Wort.«

»Nun schönen Dank mein Sohn Christof,
dein Rat gefällt mir wohl mein Sohn

und wenns gelingt, und's Leben bleibt
so fördert dirs wohl guten Lohn.«

»Kommt her ihr neun, mein guten Söhn'
ich acht euch wackre Leut mein Treu,
wie viel von euch ihr Kinder lieb
stehn mir und'm guten Grafen bei?«

Achte gaben Antwort drauf,
achte sprachen alsogleich:
»o Vater bis der Tod uns trifft
stehn wir beim Grafen und bei euch.«

»Nun schönen Dank ihr Kinder lieb,
ihr stellt euch kühn und wacker an,
und wo ich immer leb, oder sterb'
sollt ihr des Vaters Segen han.«

»Doch was sagst du, o Franz Norton?
mein ältster Sohn und Erb du bist,
es brütet was in deiner Brust,
doch was es sei, heraus damit.«

»Vater ihr seid ein alter Mann,
eur Bart ist grau und weiß eur Haar,
in eurem Alter solchen Strauß
zu ginnen, wär euch Schimpf fürwahr.«

»O Pfui auf dich, du Memme Franz,
hast du das je gelernt von mir?

als du noch zarten Alters warst,
was macht ich doch soviel aus dir.«

»Doch Vater, ich will mit euch ziehn,
doch laßt mich bar und waffenlos bleiben,
denn wer sich gen die Kron empört,
viel schlimmen Tod mag der erleiden.«

Auf saß der ehrbar Rittersmann,
es zog mit ihm 'ne wackre Band,
zu treffen den braven Lord Percy,
und die Blumen all von Northumberland.

Da auch der edle Nevil kam,
der Graf von Westmoreland war da,
zu Wetherbye bei der Heeresschau
dreizehntausend schöne Leut man sah.

Lord Westmoreland sein Banner hub,
erhub in Eil den braunen Stier,
drei Doggen mit goldnem Halsband
sprangen drauf königlich herfür.

Graf Percy dort sein Banner schwang
der Halbmond leuchtet umher so schön,
auf Nortons Banner war ein Kreuz
und unsers Herrn fünf Wunden z'sehn.

Doch Herr Jörg Bowes brach plötzlich auf
nach Beut zu spähen hinten dran,

die edlen Grafen kehrten um
dachten den Ritter gleich zu fahn.

Der Ritter floh wohl in sein Schloß
nach Barnardsschloß er drauf entrann
des äußern Walls Gewinn war leicht,
der Grafen Heer ihn bald gewann.

Der äußre Wall war Kalk und Ziegel
da brachen sie behend hinein,
doch spät hernach zum innern Wall
der war gehaun in Felsenstein.

Indeß in allergrößter Eil
im schönen London wards bekannt
Botschaft kam unsrer Königin
vom Aufstand in dem Nordenland.

Darob entbrannte wohl ihr Herz
wie 'ne brave Königin sie schwor:
Ich will euch richten ein solch Imbiß
wie nimmer in Norden war zuvor.

Sie bot wohl dreißigtausend auf,
mit Roß und Rüstung gut zur Hand
sie bot wohl dreißigtausend auf,
zu fahn die Grafen im Nordenland.

Da kam der falsche Graf Warwik
Graf Sussex auch und Lord Hunsden

bis daß sie kamen nach Yorkscastell,
täten fürwahr noch säumen noch stehn.

Nun spreit dein Banner Westmoreland!
Wir schauen gern den braunen Stier,
Und du, du Graf Northumberland
nun schwing den halben Mond herfür.

Doch der braune Stier ist fort und flohn
der Halbmond schwand von den Höhn
die Grafen waren wohl brav und kühn
konnten die Meng doch nit bestehn.

Norton! und dein' acht edle Söhn'
schleppt man o Jammer, hin zum Tod –
dich rettet nicht dein Greisenhaar,
nicht sie die Jugendblüt so rot.

Mit ihm so manchem wackern Wicht
zerbrach man grausamlich den Leib,
und manches Kind ward vaterlos
und Witwe manches süße Weib.

Kinderlied

Swan swam over the water
well swam swain
swan swam back again
well swam swain

AUS ESTLAND, FINNLAND, LAPPLAND

Ein estnisches Hochzeitlied

Schmücke schmücke Jungfrau dich
schmücke dich mit solchem Putze
der einst auch deine Mutter schmückte
binde solche Bänder um
wie einst auch deine Mutter band
bind um den Kopf das Kummerband
und um die Stirn das Sorgenband
auf den Scheitel das Trauertuch
mach dich fertig es wird helle
leg alles zurechte, es kommt die Morgenröte
die Schlitten fangen zu fahren an
die Kufen fangen an zu hüpfen.

Lied eines Liebhabers

Es war einmal schön Wetter
warm war es und nicht kalt
als just auf einem fahlen Pferde meine Geliebte vorbei zo
es regte sich der Himmel, die Hunde bellten
alles war munter nur kalt in mir das Herz,
geh, oh junger Liebhaber nicht mit dem Freier zum Reich
der ist stolz auf sein Geld und lacht bei seinem Gut
daß seine Tochter mir zu Teil werde,
geh zum Armen hin, der freuet sich

daß seine Tochter einen Mann bekommt,
er schlachtet Hähne und Hühner
und machet ihr ein Hochzeitsmahl.

Aus einem estnischen Kriegslied

Ich rüste aus den lieben Bruder
rüst ihn aus und unterrichte ihn,
mein liebes Brüderchen
jage du ja nicht voraus
doch aber bleib auch nicht zurük,
die ersten werden durchgepeitscht
die hintersten erschlagen,
halt mitten in dem Heere dich
nahe bei den Fahnenträgern
die mittelsten kommen wieder heim.

u.s.w.

Ehhitellen ella wenda
ehhitellen öppetellen
minno ella wellekenne
ärra sa ajago eele
ärra sa jägo järrele
essimessed ölpitakse
iaggumissed tappelakse
kerita kesset söddada
liggi lippo kandiatte
keskmissed koddo
  tullewad

Mühlenlieder der Finnen

Eine besondere Klasse von Liedern machen die sogenannten Mühlengesänge, Jauhorunot, aus, die die Weiber in Sawolax Carelen und im Cajaneborgschen bei der beschwerlichen Arbeit des Mahlens zu singen pflegen. An vielen Orten fehlt es an Mühlen, die Einwohner sind daher gezwungen ihr Getreide auf Handmühlen zu bereiten; (in ältern Zeiten scheinen sie es in solchen holzernen Mörsern, als sie sich gegenwärtig zum Stampfen der Fichtenrinde bedienen, klein gemacht zu haben). Das ganze Geschäft ist den Weibern überlassen, während die Männer zu den Städten reisen, jagen, Heu oder Früchte aus dem Walde heimführen. Um sich aufzumuntern singen sie teils alte, teils neue Lieder. Diejenige die die Mühle herumdreht, singt allein, die andern schweigen und hören zu, es wird nichts wiederholt, doch beobachten sie dieselbe, langsame Melodie. Diese Gesänge handeln teils von ernsthaften, hauptsächlich moralischen Gegenständen, teils enthalten sie Fabeln oder Geschichten, das Lob ausgezeichneter Taten und Satiren, bisweilen sind sie gar verliebten Inhalts, doch singen nur die Jüngern unter sich Liebeslieder. Man muß sie den ältern Frauen zu entlokken suchen, die es nicht verschmähn bei Gastmalen jene feierlichen Gesänge vorzutragen, was nie ein Mädchen tut; die meisten Lieder der Art sind von Weibern verfertigt.

Mühlenlied einer finnländischen Frau

Meinem Jacob mahle ich,
treib die Mühle meinem Lahmfuß,
aber mir mahlt Jacob nicht,
und mir treibt der Lahmfuß nicht die Mühle,
lärmend stößt der Hinker nicht den Stein.
Dennoch ist es gut dem Lahmfuß angehören
glücklich einem Hinkenden,
denn sie schleppen ihn nicht zum Krieg,
fordern ihn nicht in die Schlacht.
Selbst als alte Frau noch mahl ich,
erreg, die Ohren verschimmelt, der Mühle Geräusch,
mir mahlt keine Schwiegertochter,
treibt die Mühle keine Sohnsfrau.
O wenn mein Vertrauter käme,
mir vorhergesehen erschiene,
würd ich bald einen Kuß ihm bieten,
meinen Mund ihm darreichen!
Doch nichts wird von dem Geliebten gehört,
und so werd ich abends gequält von Verlangen,
und zu Bette gehend noch mehr gepeinigt,
mir sind die Nächte sehr verdrießlich;
erwacht leb ich in Bekümmernis
leeres ergreift die Hand,
die Rechte hascht eine Täuschung!
Wie verdrießt mich doch meines Schicksals,
aber am Morgen empfind ich großes Leid,
die übrigen zur Arbeit treibend,
doch zur Ruh am Abend sie vereinend;
selbst die Nacht allein zubringend,

in dem gattenleeren Bette,
da kein Gefährte vorhanden ist,
der mir einen Kuß biete,
der mir sanft die Seiten reibe,
die Rippen kitzle.
Weh mir, weil man den Liebsten nicht hört
vor dem Hause poltern,
auf dem Platze Holz spalten
neben der Türe Bretter hauen
unter dem Fenster verweilen.
Komm, o Freund, zu meinem Lager,
begib dich teurer, in mein Bettchen;
doch ich rufe nicht heftig nach dir,
gewiß die Natur wird dich zu mir führen,
dein Blut wird dich zu mir treiben;
dann aber zu meinem Lager heimgekehrt,
nahe, nahe, meine Freude,
dicht bei mir dicht mein Herzchen.

Die letzten Zeilen lauten im Original:
Embä kowan kutzukkaan;
kyll' sun Cuondo luoxe tuopi,
were wierällen wetäpi;
sitte luutun tulduansi,
Liki, liki, linduiseni,
kuki, kuki, kuldaiseni!

Bild einer finnländischen Hausmutter

– – – Dank sag ich
der Hausmutter alsdann;
weil sie gutes Brot macht,
Gutes Bier kocht;
süß ist ihre Würze
lieblich ihr Malz;
und ihr Malz ist nicht von herbem Geschmack,
und ihre Würze nicht bitter.
Sie hört den Hahn erwachen
hervorspringen den Sohn der Henne,
statt Hahns dient ihr der Mond,
des großen Bärs Gestirn beobachtet sie,
sie wird nicht aus Furcht vor den Wölfen geängstet,
und sie scheut nicht die Tiere des Waldes,
wenn der Weg zum Bade geht;
nicht mit den Händen
mit der flachen Hand kehret sie,
und sie ordnet mit den Fingern.

Finnländische Sprichwörter

Der Gute gibt auch von Wenigem,
und auch von Vielem nicht der Böse.

Der Erfahrene kennt alles,
der Unglückliche versucht alles.

Weinen rettet nicht aus der Gefahr,
klagen nicht von bösen Tagen.

Wer sie kann, macht eine Sache,
der Anfänger bedenkt sich.

Auch aus diesen macht der Weise ein Lied,
aus des Toren langen Reden,
und des Unverständigen Worten.

Eigenes Land ist jedem das süßeste,
sein Wald der angenehmste.

Aus Fremden werden Verwandte,
aus Unbekannten verbundne Brüder.

Ein Lappländisches Reiselied

Mein kleines Renntierchen laß
uns eilen.
Der Morast ist groß und ich kann
nicht mehr singen.
Den See Kaige hasse ich nicht.
Lebe wohl, See Kailwi!
Gedanken bestürmen mich, wenn ich
über den See Kaige reise.
Mein Renntierchen laß uns eilen,
Und bringe mich dahin, wo ich mein
Mädchen finde.
Mein Renntierchen schaue dich um,
ob sie sich nicht badet.

AUS UNGARN

(Treue Übersetzung des altungrischen Lieds
von der Einwanderung)

Erinnern wir der Alten uns
und ihres Zugs aus Skythien,
der Altvordern der Ungarn
und ihrer Tapferkeit.

Aus Skythien sind sie gezogen
um in dies Land zu kommen
sie ließen sich bevor, von Gott geleitet
in Siebenbürgen nieder.

Dort lassen sie sich wohlgeschehen
errichten sieben große Scharen
erheben sieben dann zu Führern
verschaffen jedem eine Burg.

Voll Eintracht stets in ihrem Unternehmen
und mächtig in den Kämpfen
ward in dem Lande nie die Furcht gekannt
man wohnte dort in Sicherheit.

Viel Kräfte hatten sie wie Simson
ein mutvoll Herz, dem Löwen gleich
verwüstend zogen sie umher
durch ihre Menge furchtbar.

Des Volkes trefflichster
der Árpád hieß
ward, weil er unter allen
der reichste war, der höchste Führer.

Als sie vernahmen
die Donau habe gutes Wasser
der Boden wäre gut
es gäbe nirgends einen bessern:

Ward einer als Gesandter
schnell abgeschickt, die Donau zu besehn,
um, wenn sie was gewisses wüßten,
das Land zu überfallen.

Als an die Donau der Gesandte langte
betrachtet er den Boden und das Gras,
und kostete das Donauwasser;
nach seinem Urteil war es gut.

Ein Polenherzog herrscht auf diesem Boden
das ganze Land besaß nur er,
sein Wohnort war Veßprém,
des Landes Volk ganz deutsch.

Es eilet der Gesandte nach Veßprém
zu nähern sich dem Herzoge
den er mit Ehrfurcht grüßt
und so, wie ihm geboten, spricht:

»Sie schickten mich, um dich zu sehen,
zu reisen durch dein ganzes Land
mich deines Wohnorts zu erkundigen
und die Gesetze deines Volks zu lernen.«

Darob erfreuet sich der Herzog baß,
bewirtet den Gesandten,
da so bereitwillig die Ungarn scheinen
erklärt er alles sich sehr vorteilhaft.

Von dannen eilte der Gesandte
um eine Flasche sich herbei zu schaffen
die er mit Donauwasser füllte,
auch sucht er etwas von dem Erdreich und dem Gras.

Trägt alles fort nach Siebenbürgen
und leget es vor Árpád hin,
der es mit Wohlgefallen sah
und alles gleich den Führern kundgetan.

Zu ihm versammeln sich die Führer
betrachten dort das Donauwasser
das bischen Erdreich und das Gras
und sitzen dann zu Rat.

Sie schickten einen weißen Zelter
mit goldnem Zaum und Sattel
hin zu dem Herzog durch Gesandte
die dieser Worte sich bedienen mußten.

»Dies Roß verehren jene dir
die aus dem Skythenland gezogen
und bitten dich um ein Stück Landes
um hier sich anzusiedeln.«

Der Herzog hatte viel verloren
daß er die List nicht eingesehen.
Aus Liebe zu dem schönen Zelter
ward ihm das Reich entrissen.

Vor Freude über das Geschenk
erhält zur Antwort der Gesandte:
»Den Ungarn will ich so viel Landes
als sie nur wünschen, reichlich geben.«

Es sind voll Freude die Gesandten
weil alles sie so glücklich ausgeführt,
sie nehmen von dem Herzog Abschied
und gehen schnell nach Siebenbürgen ab.

Erzählt ward dort den Führern alles
die dann im Rat beschlossen,
daß wie in jenes Land sie kommen würden,
sie mit dem Herzog kämpfen wollten.

Die Gottheit, die sie angebetet,
die riefen dreimal sie beim Namen,
von ihr der hehren Gottheit nannten sie
die Stadt am Szamos-Ufer.

Von ihnen blieb uns der Gebrauch
daß wenn wir einen Handel schließen
wir Deus Deus rufen
und zum Beweis, daß wir verkauften.

Gerüstet ward nun alles schnell
man hatte zu Gesandten drei erwählt
und an den Herzog abgeschickt
um ihn mit diesen Worten anzureden:

»Bedenke was du, Herzog, tust!
verlasse bald dies Land:
da du den Ungarn es verkauft
so mußt du's ihnen jetzt schon überlassen.«

Zum Herzog kommen die Gesandten
sich nähernd ehrfurchtsvoll
und reden unerschrocken
ihn so mit Árpáds Worten an:

»Du gabst den Boden für ein weißes Roß
dein Gras für einen goldnen Zaum
für einen goldnen Sattel Donauwasser
in einer Zeit, als dir dies alles nötig war.«

Der Herzog hörts und lächelt anfangs
nicht achtend, was man sprach,
zuletzt nur sagt er zum Gesandten
vom Zorne übermannet dies:

»Wenn sie darum den schönen Zelter schickten
so mögen sie ihn mit dem Schlägel töten,
den Sattel in die Donau werfen
den goldnen Zaum im Grase bergen.«

Zum Herzog sagten die Gesandten:
»Es muß ein solches deine Herrlichkeit nicht tun,
die Ungarn würden nicht gefährdet
vielmehr gewännen sie dabei.

Die Hunde würden mit dem Roß gemästet
den Fischern blieb der Sattel,
die Schnitter teilten unter sich den Zaum;
viel Gutes würden diese von dir sprechen.«

Als die Gesandten Abschied nahmen
ward bald der Herzog in die Furcht gejagt,
drum sammelten sich Heereshaufen
und rückten an die Donau vor.

Es kam bald Árpád in das angenehme Land
die Ungarn zogen an die Donau
und drangen immer weiter
bis sie vor Tétén kamen.

Sie hatten viele Waldungen erreichet,
mit hundert Haufen fielen sie herein
und kämpften mit dem Herzoge, geschützt von Gott
sehr groß war ihr Gewinn.

Dort schlugen sie den Herzog
daß er allein nur fliehen konnte,
und trieben ihn bis an die Donau,
erreichen konnten sie ihn nicht.

Nichts anders blieb ihm übrig
als daß er eilends in die Donau sprang
um dort sich noch zu retten
viel mehr sich dort zu bergen.

Es fühlte Árpád große Freude
da in die Hände ihm das Land gefallen,
auf einem Berg, den er bestieg,
sah er Stuhlweißenburg vor sich.

Das Reich ward ihnen dort gegeben
und Ungarland genannt,
weil sie den Deutschen es entrissen
und sich durch Waffen eigen machten.

LIEDER VERSCHIEDENER VÖLKER

Lied einer Katschinskischen Tartarin an ihren verstorbenen und nach ihren Begriffen in eine März-Ente verwandelten Mann

Hätte ich dich Märzen-Ente, o mein lieber
Dschenargusch!
Daß ich auf sie schießen könnte, o mein lieber
Dschenargusch!
Auf dem See erblickt ihr Leben,
Wäre mir schon Preis gegeben,
Stets soll meine Liebe glimmen,
Nein ich freie keinen schlimmen,
In den Himmel nähm ich Flüge,
Wenn ich Habichtsschwingen trüge, o mein lieber
Dschenargusch!

Kulge tüschken koging di der; oi Senem Dschenargusch
Körub ater merging dider; oi
Dschimnaimnang kalbasogban;
Dschewalirge barbasogban;
chantetürge utschedaerbem;
Kartagusch tutschei daerben; . . .

Lied eines Sagaisch-Tartarischen Mädchens welches mit ihrem Liebhaber eine Zusammenkunft zu Pferde an einem Salzsee verabredet hatte

Seht des Schimmels volle Mähne; juch hei!
Und der Fluß fließt Freudentöne; juch hei!
Ich will einen Fluß ergründen;
Kann ich diesen nicht verbinden;
Will ich lieber Sklavin werden;
Hengst und Stute unter Pferden;
Schleppeten auf jeder Seite;
Salzblüt die der See verleihte;
Groß und kleine Brüder schellen;
Um des Woiwoden Zellen.

Agatem tschilne beru tsack; zona idu!
Agar la suga falkisten; zona idu!
Ol ber salna kess besem;
Baschem oy bargai chollutschen;
Allek la bene tinguet keng;
Al kem neng da Kotschire;
Agaber tungma derbetken;
Al bot betneng éschege;

Liebeslied eines Tschatzkischen Tartarn

Hei! bei dem Oesel, dem Oesel, dem Oesel will ich genau
Achtung geben,
Ich Oesoche; dein, Mädchen sind meine Augen und
Augenbraunen.
Ich fliege wie ein Rabe, dich dort in dem Netze zu sehen.
Laß Russen und Bratzki im Tale sich stechen
und würgen;
Ich entliefe, und nähme dich, Mädchen, spielend in
meine Hütte.

Ai Oesöl, Oesöl, Oesöl emme ösölchari ku si mele.
Kusimbile anschaschemne da Oesoche gealder den.
Kuschun uticher usche chada torna tuscher tuschaka.
Orus Borat dschja a seda oi gakire tschetscheder
Oi neschbolgan dschjan amna da ibga leb nansandak

Dieses Lied gründet sich auf Wortspiele. Oesel ist der Vater des Mädchens, der dem Liebhaber seine Tochter versagte; aber dieses Wort bedeutet auch Achtung, Aufmerksamkeit. Der Liebhaber heißt Oesoche, und da dieses Wort auch einen Raben bedeutet, so muß seine Schöne zu einem Kraniche werden.

Peruanisches Lied

(Bei einem Gewitter)

Schöne Nymphe
er, dein Bruder,
er zerbricht ietzt,
deinen Krug.
Daher wetterts,
blitzts und donnerts,
mit Geprassel.
Und du Nymphe,
läßt es regnen,
und mitunter
schickst du Hagel,
schickst du Schnee.
Denn der Schöpfer
dieser Welt
Pachacamac
Viracocha
hat nun einmal
dies Geschäfte
dir vertraut.

Cumac Nasta
Torallayquin
Puynnuy quita
paguir Cayan
Hina mantara
cununnunun
Yllapantac
canri Nusta
Unuy quita
Paramunqui

May nimpiri
chici munqui
Piti munqui
Pacha rurac
Pachacamac
Viracocha
cayhmapac
churas unqui
camas unqui.

Lied eines Zauberers in Chili

beim Kräutersammeln

Ich gehe Kräuter zu suchen;
damit ich sie finde,
flehe ich tränend:
O lieber Quintulican,
Zeige mir das Kraut Melico!

Und du zeige mir
O Neyulican,
damit ich es finde und pflücke,
das Kraut Huilquilahuen.

Ja du hast dich meiner erbarmet,
o lieber Clancuilican!
Du hast mir das Kraut Huilquillahuen gegeben,
damit ich ein hohes Alter erreiche.

Habe ich Kräuter,
So nagt mich der ungewisse Erfolg.

Aber du wirst das nicht zugeben
O Neyulican.

Ich will nicht zweifelhaft sein,
Wegen meiner Kräuter.
Ich sammle Kräuter
Auf dem Berge, wo der Fichtenwald ist.

Ich bin gesalbt
zum Fliegen um die Wette
mit dem Sturmwinde.
Über alles will ich mich erheben
und selbst den Sturmwind übertreffen.

Huecubullan will ich suchen,
Huecubullan will ich mit meinen Liedern reizen.

Quintulla huen Uau
ni pellabium
melico uahuen
pii ni guman
Quintulican em!

Va ni mlen
Neyulican
ta ni peam
huilquilahuen em.

Burenie-ta-en
Llancuilican em
elu-ga-en huillquillahuen
ta ni mo-ga-geam em.

Epui ta nie duam
ta lahuen gealu
vemgepraquilmi
Neùùlican

Epu du amquilmi
ta iu lahuen
tullahuenmean
ta pehuen mahuida.

Auiri huirtugen
ta ni levial
pu meullen
ra rumean
meullen tipalaian

Quintu Huecubullan
Calcunna Huecubullan.

Morgenlied eines kanadischen Wilden

(Vor dem Ausgehen auf die Jagd)

Vor der Sonne will ich aufsteigen,
und jenen Hügel besteigen,
und sehen wie das neue Licht die
Wolken vertreibt.
Großer Geist, verleihe mir Glück!
Und wenn die Sonne verschwindet,
so leihe mir, o Mond dein Licht,
und führe mich mit Wild beladen,
nach meinem Zelte zurück.

Meo akuua eschta pata
Negoschtaga schedscha mena.
Tongo uäkon meo uaschta
Pata ackuua.
Hopiniyahie ouie ackuyie meo
Uoschta pata oto tohinoscha
Meo tiebie.

Liebeslied der Tschippewäs in Kanada

Wahrlich, nur ihn liebe ich;
denn sein Herz gleicht dem süßen Safte,
der aus dem Zuckerbaume rinnt,
und mit dem Palmlaube verschwistert ist,
das immer lebt und zittert.

Debwoye, ni zargay wikn aighter;
Payschik oathty
Seizibockquoit schenargussey
Me tarbiscoatsch nepihtsch cassawicka nepuh
Moszack pemartus
Seizibockquoit metchk.

Ebenderselben großes Arzneilied, welches sie allemal singen, wenn ein unvermögender Vater von seinen Söhnen feierlich umgebracht wird

Der Herr des Lebens gibt Mut,
Kraft gibt er und Stärke.
Daß er uns liebt
wissen alle indische Männer.

Daher übergeben wir ihm
unsern unvermögenden Vater,
damit er in einem andern Lande
sich vergnügt und mit neuer Kraft
Wild jage und töte.

Wa haguar missey
Mannitu kaygait
cockinnor nischinnorbey
Ojih kih candan hapadgey
Kih zargetune nischinnorbey
Mornuhtsh kih tarpenan nocey.
Kihn aighter, o dependan niscinnorbay
Mornuhtsch toward wine ojey
Mischkuht pockcan tunnockay.

Eine Alfurese auf Prinzeneiland

Komm Jeklam ans grünende Ufer
da fang ich den Balatam dir
ich pflücke dir Mangas, du ruhest
in Elamis liebendem Arm
der Samaka sprosset und Zucker
quillt aus dem geschnittenen Rohr! –
Komm Lieber im Körbchen ist Betel
im Herzen ist Liebe für dich.
Komm Jeklam ans grünende Ufer
die Fremden sind ferne, nur ich
nur Elami weilet um Jeklam
mit Liebe und Sehnsucht im Herz.
Mein Kaliko flattert im Winde
süß duftet im Katnik mein Haar.

Komm Jeklam in Elamis Arme
komm Jeklam an Elamis Herz.

Malaiisches Ruderlied

(Zwischen Sumatra und Lampun Bai)

Die See ist so ruhig und Okar so still
nun schlagen wir mutig das Meer,
die See ist so ruhig, Kratarum vorbei,
es klinget mein Calewang helle.
Bleib Okar so stille! ich singe dafür,
auf Tigablas Cotta's wohn ich,
da wohnet mein Mädchen, die See ist so still,
nun schlagen wir mutig die Ruder.

Lied der Biadschu

Den schönen Mond da oben
da oben liebe ich.
Ihn lieb ich still und schaurig
schaurig blinkt er herab,
o Libu Uru weile
weil nicht auf wilder Jagd
von wilder Jagd o eile
eile wo Libu wacht.
Den schönen Mond da oben
da oben liebe ich
ich liebe Libu Uru
o Libu Uru eile.

Gesang der Nukahiver

(Einer)	Hi a te a maaaoh? wo ist das Licht
(Alle)	i ta ua taaoh auf der Insel Tauata
(Einer)	tea ma amaaeh? wozu das Feuer
(Alle)	tau e na taaoh um den Feind zu braten

hia tea he he
laßt uns Feuer reiben

taite amaaeh
hier ist Feuer

taie na taaeh
wir wollen ihn braten

enata a eh
wir haben ihn

ote ma oh
er wollte entfliehen

a mate mate eh
nun ist er tot

i tue tueh
die Schwester weint

titi he ihe
seine Eltern weinen

ma te moieh
seine Töchter weinen

atahieh
erster Tag

a hu a hoh
zweiter Tag

at ouheeh
dritter Tag

a hae oh
vierter Tag

a hi maeh
fünfter Tag

a honoeh
sechster Tag

afi tueh
siebenter Tag

awa hu eh
achter Tag

ahi waoh
neunter Tag

uha onaeh   a ho hi eh
zehnter Tag

AUS ÄLTEREN GEDRUCKTEN SAMMLUNGEN

Bummerlirstu mir
so bummelir ich dir
in hohen freuden leben wir
so schlag ich dir den bummelerio
den allerbesten bummelireio.

Der Gützgauch

Der Gützgauch (Kuckuck) auf dem Zaune saß
es regnet sehr und er ward naß
danach da kam der Sonnenschein
der Gutzgauch der ward hübsch und fein
alsdann schwang er sein Gefiedere
er flog dorthin wohl über See.

Die böse Frau

Sagt er ja, so sprech ich nein,
Will er aus, so will ich ein
Will er dies, so will ich das,
Singt er Alt, so brumm ich Baß,
Steht er auf, so sitz ich nieder,
Schlägt er mich, so schlag ich wieder,
Greift er zum Prügel, so nehm' ich die Schlüssel

Wirft er mit Krügel, so fecht ich mit Schüssel,
Macht ers zu grob, und bin ich zu schwach
Lauf ich davon, verberg mich unter Dach
Zeig ihm den Rücken, und weis ihm die Feigen,
Wann ich nicht müßt laufen, wollt ihm nicht schweigen.

*

Steht er auf so sitz ich nieder,
schlagt er mich, so schlag ich wieder
will er dies, so bin ich zuwider,
nimmt er die Peitsche so nehm ich die Schlüssel,
wirft er mit Krügen, so werf ich mit Schüssel,
greift er zum Degen, so nehm ich die Zangen,
schlägt er in die Augen, so kratz ich die Wangen,
kann ich dann endlich mich seiner nicht wehren,
tu ich den ganzen Tag fluchen und schwören.
Ei daß Gott im Himmel erbarm,
ist ja besser leben arm,
leben ein Wittib hinter der Mauer,
leben allein und in der Trauer,
als ein solches Leben führen,
beißen in so saure Bieren,
baden in so heißem Oel
haben hier und dort die Höll.

Reim dich oder ich friß dich

Reim dich, oder ich friß dich,
wie reimt es sich zusamm?
Und wann sichs nicht will reima
so muß der Schreiner leima,
so reimt es sich zusamm.

Knedel, Mantel und Pfarrer,
wie reimt es sich zusamm?
Die Knedel tut man spalten,
der Mantel hat viel Falten,
die Pfarrer Predigt halten,
so reimt es sich zusamm.

Seiden, Arsch und Wolken,
wie reimt sich das zusamm?
Aus Seiden macht man Spitzen,
auf Arsch da tut man sitzen,
aus Wolken tut es blitzen,
das reimt sich auch zusamm.

Amtmann, Wirt und Bauren,
wie reimt sich das zusamm?
Den Amtmann muß man ehren,
der Wirt tut Gäste scheren,
der Baur gibt keinen Herren,
das reimt sich auch zusamm.

Geißbock, Schneider und Doktor,
wie reimt sich das zusamm?

Der Geißbock der ist hitzig,
der Schneider, der ist ritzig,
der Doktor ist nicht witzig,
das reimt sich auch zusamm.

Galgen, Schelm und Weiber,
wie reimt sie das zusamm?
Ei hangt der Dieb, so hangt er,
der Schelm gehört an Pranger,
die Weiber werden schwanger,
das reimt sich auch zusamm.

Jungfern, Gäns und Esel,
wie reimt sich das zusamm?
Die Jungfern tut man zopfen,
die Gänse tut man ropfen,
die Esel muß man klopfen,
das reimt sich auch zusamm.

Zange, Zahn und Nachtstuhl,
wie reimt sich das zusamm?
Die Zange tut ja beißen,
den Zahn damit ausreißen,
in Nachtstuhl tut man schme,
das reimt sich auch zusamm.

Jungfern, Ochs und Schreiber,
wie reimt sich das zusamm?
Die Jungfer die hat ihre Zeit,
die Ochsen haben dicke Häut,

die Schreiber seind verliebte Leut,
das reimt sich auch zusamm.

Pfannen, Gans und Vogel,
wie reimt sich das zusamm?
Die Pfanne hat ein langen Stiel,
die Gans die liefert uns den Kiel,
und mancher Vogel singt nicht viel,
das reimt sich auch zusamm.

Soldaten, Jud und Teufel,
wie reimt sich das zusamm?
Soldaten können lügen,
die Juden tun betrügen,
der Teufel wird sie kriegen,
das reimt sich auch zusamm.

Studenten, Maler, Narren,
wie reimt sich das zusamm?
Studenten sind oft angebrennt,
die Maler streichen an die Wänd,
und Narren gibt es ohne End,
das reimt sich auch zusamm.

I bins Krämer Michels Weib

I bins Krämer Michels Weib,
Handla ist mein Zeitvertreib,
kaufet Bändel, Borta, Spiza,
Zitz, Kattun zu Schürz und Mitza,

wißt ihr wo i her mi schreib?
I bins Krämer Michels Weib.

Leutla soll i uffe gaun
und mein Waar euch seha laun,
Flor, Marlin und Nasatüchla,
schöne Zeug zu Kisseszüchla,
alles könnt ihr bei mir haun,
Leutla soll i uffe gaun.

Weiber, Tüchla kaufet euch,
guket nu wie seidereich.
Besser hent ihr gwiß koins g'seha,
wills euch auch nit theuer gea,
haun zur Hauchzig und zur Leich,
Weiber! Tüchla kaufet euch.

Manna sind doch nit so gnau,
Kromet eure Weiber au!
Buodla könnet haun und Borda,
Ziz, Kattun von elle Sorta,
Bändel roth und grün und blau,
Manna sind doch nit so gnau.

'S ist so wie mein Michel sait,
d' Handelschaft ist ganz verhait,
durch 6 Flecken kan mer laufen,
bis mer thut a Stück verkaufen,
Krämer hent izt wenig Freud,
'sist so wie mein Michel sait.

zu Cassel d. 14. October 1822 gefertigt

Tel. 0 2742 / 5 24 35
STADTFRISEUR
Kremser Gasse 5
1. Stock

Lieber wollt ich ja sitzen

Lieber wollt ich ja sitzen
bei einem schönen Mägdelein
auf Dorn und scharfen Spitzen
und mich mit ihr ergötzen
ergötzen fein,
denn daß ich bei eim alten Weib
aufm Bett sollt vertreiben die Zeit.

Lieber wollt ich ja trinken
mit einem schönen Mägdelein
Wasser wenns gleich sollt stinken
als den besten Alekantwein,
Alekantwein saufen
mit einer bösen Frauen
davor mir bald kommt der Grauen.

Lieber wollt ich ja essen
mit einem schönen Mägdelein
Eier und des Salz vergessen
oder was sonsten gut mag sein
sonst gut mag sein,
denn mit Edelknaben am Tisch
essen die allerbesten Fisch.

Lieber wollt ich ja schlafen
bei einem schönen Mägdelein
ehe ich mich ließe strafen
um das geringste Hellerlein
Hellerlein,

ich wollt eh geben zehn Gülden hin
daß mir der Poß allzeit anging.

Hübsch wär ich gern das bin ich nicht

Hübsch wär ich gern das bin ich nicht
fromm bin ich wohl das hilft mir nicht
Geld hülf mich wohl das hab ich nicht
drum bin ich auch kein Buhler nicht.

Schönheit hilft wohl zur Buhlerei
schön Gestalt macht frech und stolz dabei
dich nicht verlaß auf schön Gestalt
daß du nicht kömmst in Unfall bald.

Frömmigkeit hat izt ein schlechten Platz
Geld ist doch der Welt bester Schatz
Frömkeit hilft nichts zur Buhlerei
drum mir dasselb verboten sei.

Weil denn all Ding regiert das Geld
und mir desselben gar viel fehlt
so will bei Frömkeit bleiben ich
wer weiß wie das Spiel endet sich.

Einer der nicht Lust zu freien hatte, sang also:

Ich gedenke hin ich gedenke her
so find ich kein auf Erden,
die ich zu nehmen mir begehr,
es wird auch keine werden;
das Frauenzimmer macht mir bang,
ich mag gar keine leiden,
will also mein Lebelang
das Frauenzimmer meiden.

Mit einer Großen kann ich mich,
nicht gar wohl begehen,
die Kleine scheint so liederlich,
wann sie soll bei mir stehen,
die Schlaue ist mir gar zu weis',
die Tolle ich auslache;
ich denke allem nach mit Fleiß
ich weiß nicht wie ichs mache.

Die allzuschöne Kleider hat,
fällt mir zu stolz in allen,
die so zerrissen her tuet gahn,
will mir auch nicht gefallen,
die Reiche will mein Meister sein,
der Armen ich mich schäme,
die Lustige ist gar zu gemein,
die Traurige ich nicht nehme.

Die allzuschöne Augen hat,
macht mich heimlich bedenken,

die Scheele find bei mir kein Statt,
die Alte will mich kränken,
die Junge will zu viel von mir,
haben zu jeder Stunde,
an der Schwarzen ist keine Zier,
die Bleiche ist ungesunde.

Der Dicken Feisten riecht die Haut,
die Dürre dem Tode gleichet,
die immer schwatzt, vor der mir graut,
die Stille Mangel zeiget,
die immer lacht eine Narrin ist,
ich fürchte die sauer siehet,
die viel singt ist Trug und List,
die weinet, mich betrübet.

Summa beim Frauenzimmer mir
durchaus gar nichts gefället,
da ist nichts, wozu mein Begier
und Liebe sich gesellet.
Und weil ich nichtes finden kann,
das mir könnte behagen
so bleibe ich mein eigen Mann,
in allen meinen Tagen.

Ein schönes Lied auf die Weihnachtszeit

Schauts, schauts liebe Buemä, was das Ding muß sein,
daß ich ja heunt werlä nicht schlafen kann ein,
bin doch mein lebtag oft g'legen im Stroh,
ach konnt ich nur schlafen, wie wär ich so froh.

Es tut mich nichts beissa, es tut mir nichts weh,
doch kann ich nicht schlafen als, wie halt von eh,
es klingt mir in Ohren und weiß nicht woher,
das Ding tut mich wundern je mehr und mehr.

Schauts, schauts liebe Buemä dort unten im Stall,
tuts kräußlä schön glanzen ja recht überall,
es steht bei der Krippen der Esel und Rind,
und drin tut liegen ein klein winziges Kind.

Ein schneeweiße Jungfrau, ein fein alter Mann,
sein neben der Krippen das Kind betens an,
ich laß mirs nicht nimma, Messias muß sein;
Gott grüß dich von Herzen! O liebes JEsulein.

Wo ist denn dein Hoheit? Wo ist der Lakai,
was hat dich bezwungen zu uns auf das Heu?
Die Lieb hat dich zwungen zu uns auf die Welt,
ich tät dir was schenken, hab selber kein Geld.

Zwei Äpfel han ich im Sack da bei mir,
und wann dus därffst essen, will ihs schenken dir,
hab noch ein klein winziges Lammerl daheim
ih will dirs ä schenken, g'halts fein in der g'heim.

Ich wollt dir gern mehr geben, bin selber ein armer Hirt,
ach konnt ich dir geben, was dir a gebührt,
ich tät dich schön kleiden, und auf warten dir fein!
O JEsulein mein, nimm doch den Willen dafür.

Christabend

Du aber Maria gib Achtung aufs Kind,
daß nicht so viel leiden darf Kälte und Wind,
wär schad um das Schätzerl, ich bin ihm recht hold,
wanns etwann däfrieren, im kalten Stall sollt.

O! armes Schatzerl, O! göttliches Kind,
daß du schon tust leiden ist Ursach die Sünd,
daß du jetzt leidest, was wir haben verschuldt,
wie groß ist dein Liebe, wie groß die Geduld.

Drum Wir dich all bitten, O! schönes Himmelskind,
tu uns verzeihen all unser Sünd,
ach laß uns doch einmal dein eigen ä sein,
daß wir dein verbleiben O! liebs JEsulein.

Das anderte Lied

Am Weihnacht-Abend in der Still,
ein tiefer Schlaf mich überfiel,
mit Freuden ganz begossen,
mein Seel empfing viel Süßigkeit für Honig und für
Rosen.

Mir träumet wie ein Engel käm,
und führt mich bis gen Bethlehem,
im Judenland so ferre,
groß Wunderding sich da begab, hört zu ein neue Märe.

In einen Stall ging ich hinein,
darin ein Ochs und Eselein,

ihr Heu beim Kripplein aßen,
von edler Art, ein Jungfrau zart, kläglich bei ihnen saßen.

Ein Kindlein nackend und auch bloß,
saß in der edlen Jungfrau Schoß,
es leuchtet als die Sonnen,
seine Äugelein flossen immerzu, wie lebendige Brunnen.

Dies Kindlein war der gwaltig GOtt,
der Himmel und Erd erschaffen hat,
der alle Tier bekleidet,
die Welt erkennt den Schöpfer nicht, kein Hilf ward
Ihm bereitet.

Sein zarte Händ und Füßelein,
erzitterten vor großer Pein,
die scharfe Kält Ihn brennet,
sein Angesicht wand Er hin und her, ob Ihn die Welt
erkennet.

In arme schlechte Windelein,
band die Jungfrau das Kindelein,
tät es ins Kripplein neigen,
dies war der Thron, da Salomon, sein Weisheit wollt
erzeigen.

Das Öchslein und das Eselein,
erkannten selbst den Herrn fein,
ihr Knie taten sie biegen,
das Kripplein gabens willig drein, dem Kindlein für
ein Wiegen.

Das Öchslein ließ sein Atem gohn,
wohl auf dies edle Kindlein schon,
daß Ihm sein Leib erwarmet,
all Menschen Hilf war weit von Ihm, das Vieh sich
sein erbarmet.

O Lieb, wie mächtig war dein Gwalt,
daß du GOtt in des Menschen Gstalt,
vom Himmel hast gezogen,
daß Er an sich nehm Fleisch und Blut, Mariä Brüst
gesogen.

Der auf Erden hat allen Gwalt,
lag in eins armen Waislein Gstalt,
von aller Welt verlassen,
seiner Demut war kein Ziel noch End, sein Lieb groß
über d'Maßen.

Dem Cherubin und Seraphin
Lob singen stets mit lauter Stimm,
vor dem die Höll sich neiget,
dem gwaltigen GOtt Zebaoth, wird jetzt kein Ehr erzeiget.

Alle Propheten wünschen das,
daß der Heiland mit Laub und Gras,
sollt aus der Erden grunen,
Maria das Wurz-Gärtlein was, und JEsus ward
die Blumen.

Jetzt ist die heilige Schrift erfüllt,
des uns des Vaters Zorn gestillt,

ist in die Welt geboren,
für einen Saal, ein armer Stall, Er hat Ihm auserkoren.

Beim Krippelein kniet ein alter Mann,
der bet' das schöne Kindlein an,
und küßt Ihm seine Füße,
o Sünder komm du auch herbei, tu deine Sünd hie büßen.

Der sonst mit Blitz und Donnerschlag,
mit Schwefel Pech und großer Plag,
die Sünder pflegt zu strafen,
der ist ein armes Kindelein, hat jetzt kein Wehr noch Waffen.

Er kann jetzt nimmer schlagen drein,
seine Händlein sein viel zu klein,
das Schwert kann Er nicht blößen,
der gwaltig Löw ist jetzt ein Lamm, seine Stärk hat Er vergessen.

Drum lauft ihr Sünder all zumal,
kommt eilend her in diesen Stall,
hie könnt ihr Gnad erlangen,
euer Richter ist gebunden ein, ihr könnt Ihn selber fangen.

Scham dich du böse schnöde Welt,
die du dein Hoffart hast in Geld,
in Sammet und in Seiden,
sieh an das kleine Kindelein, was es für dich tut leiden.

Hört weiter an was ich euch sag,
die Nacht war so licht als der Tag,
viel Engel hört man singen,
den Hirten tät man auf dem Feld, ein neue Botschaft bringen.

Drei arme Hirten in der Nacht,
bei ihren Schäflein hielten Wacht,
von Bethlehem so ferre,
der Engel GOttes ihn'n erschien, darab sie erschraken sehre.

Mit großem Glanz und Sonnenstrahl,
das Feld durchleuchtet überall,
in Wolken hört man singen,
mit Harfen- und mit Lautenklang, den hohen Luft erklingen.

Der Engel sprach ihr Hirten gut,
entsetzt euch nicht, seid wohlgemut,
groß Freud ich euch verkünde,
die sein wird in der ganzen Welt, bei allen Menschenkindern.

Zu Bethlehem in Davids Stadt
ist euch geboren Nächten spat,
den die Propheten weisen,
drum macht euch auf, und zieht dahin, und suchet Ihn mit Fleiße.

Dies soll euer Wahrzeichen sein,
in Windelein ist Er gebunden ein,

ein Krippen ist sein Wiegen,
dabei ein Esel und ein Rind, sich vor dem Schöpfer biegen

Alsbald die Hirten dies gehort,
entschlossen sie mit wenig Wort,
gen Bethlehem zu reisen,
das Kindlein wolltens schauen an, ihm Lieb und Ehr beweisen.

Ein Hirt zu seinen Gesellen sprach:
Ei liebe Freund seid nicht so gach,
ich muß euch eines sagen,
wir wollen dem lieben Kindelein, ein Schenkung mit uns tragen.

Der ander sagt, ich hab ein Lamm,
vor wenig Tagen ichs bekam,
wills schenken s Kindleins Mutter;
bring du dem Kindlein Heu und Stroh, und er dem Esel s Futter.

Sie gingen hin mit schneller Eil,
ihr Reis währt schier ein halbe Meil,
bis sie zum Kripplein kamen,
Maria dem Kindlein gab ein Mus, und Joseph hebt die Pfannen.

Als sie nun gingen in Stall hinein,
hieß sie der Alt willkommen sein,
bewiesens Ihm Zucht und Ehre,
die Wunder GOttes zeigten an, das freut die Mutter sehr

Sie fielen nieder auf die Erd,
und beteten an den Heiland wert,
vor Freuden tätens weinen,
ihre Schenkung opfern sie Ihm auf, wiewohl sie waren
kleine.

Nachdem kehrten sie wieder um,
und brachtens Evangelium,
erstlich ins Judenlande,
niemand ward der ihnen glauben wollt, in allen Ort und
Stande.

Hiemit bin ich vom Schlaf erwacht,
wollt GOtt, der Traum käm alle Nacht,
ich wollt bis Siebne schlafen,
daß ich das Kindlein nach Gebühr, von Herzen möcht
umfassen.

Freut euch ihr Christen allgemein,
und lobt das werte Kindelein,
mit Freuden sollt ihrs grüßen,
Er will bei euch selbst kehren ein, tut Ihm das Herz auf-
schließen.

O mein herzliebes JEsulein,
laß mich allzeit dein eigen sein,
laß mich dein Huld erwerben,
von deinem Kripplein komm ich nicht, so lang ich leb auf
Erden.

Bei JEsu Füßen will ich stahn,
mit Magdalena nicht ablahn,
dieselben zu begießen,
mein Augen müssen s Fußbeck sein, bis ich mein Sünd abbüße.

Kreuz, Leiden, Angst, Not und Trübsal,
vertreibt mich nicht aus diesem Stall,
kein Gwalt mich davon wendet,
bis mich der grimmig Tod angreift,
und mir mein Leben endet.

Als unser Herr in Garten ging

Als unser Herr in Garten ging
stellt er ein Freßmahl an
mit seinen lieben Jüngern,
war lusti Jedermann.
Da wascht er ihnen d' Haxen
und trocknet's ihnen schön.
Der Peter nimmt sein Praxen
wollt auch in Garten gehn.

Die Praxen hat a Scharten,
der Peter wetzt sie sehr,
er haut den Jud' in d' Schwarten
daß er fiel arschlings her.
Der Jud purzelt in Gras herum,
und schreit wohl überlaut:
O lieber Herr! was Geist was d' hast,
der Glatzkopf hat mi g'haut.

Als bey des Kaipha's Kohlenfeuer
die Juden saßen dick,
Da kommt ein schelmisch Dienstmensch
zum Peter sein Unglück.
Sie sagt: bist du nit einer
der mit im Garten war?
Der Peter thut's verneine,
und sagt: es ist nit wahr.

Es jagt ein Jäger ein wildes Schwein

Es jagt ein Jäger ein wildes Schwein,
Bei der Nacht, beim Tag, beim Mondenschein.
Hesasa, fallala!
Bei der Nacht, beim Tag, beim Mondenschein.

Er jagt wohl durch ein grünes Gestrauß,
Er jagt ein schwarzbraunes Mägdlein heraus.
Hesasa, fallala!
Er jagt ein schwarzbraunes Mägdlein heraus.

»Du bist ein Jager, und fängst mich nicht,
Weißt du meine krumme Sprünglein nicht.
Hesasa, fallala!
Weißt du meine krumme Sprünglein nicht.«

»Deine krumme Sprünglein weiß ich wohl,
Weiß aber nicht, wie ich dich fangen soll.

Hesasa, fallala!
Weiß aber nicht, wie ich dich fangen soll.

Grüß euch Gott, geliebte Jungfrau fein!
Wollt ihr mein' Herzallerliebste sein?
Hesasa, fallala!
Wollt ihr mein' Herzallerliebste sein?«

»Euer Herzallerliebste will ich nicht sein,
Bin ich des Edelmanns Töchterlein,
Hesasa, fallala!
Bin ich des Edelmanns Töchterlein.«

»Bist du des Edelmanns Töchterlein
So sollst du es mir lieber sein.
Hesasa, fallala!
So sollst du es mir lieber sein.«

»Geh hin, mein Jäger! behalt dein Gut,
Schau du um eine, so dich lieben tut.
Hesasa, fallala!
Schau du um eine, so dich lieben tut.«

»Kein' andre, als dich, verlang ich nicht,
Kein' andre, als du, erfreut mich nicht.
Hesasa, fallala!
Kein' andre, als du, erfreut mich nicht.«

»Ei pack dich auf und laß mich hier.
Eine falsche Lieb hast g'habt zu mir.

Hesasa, fallala!
Eine falsche Lieb hast g'habt zu mir.«

»Du bist sehr falsch und hast betrogen,
Hast dem Hirschel die Haut abzogen.
Hesasa, fallala!
Hast dem Hirschel die Haut abzogen.«

Man singt's beim Met, und kühlen Wein,
Dazu beim zarten Jungfräulein.
Hesasa, fallala!
Dazu beim zarten Jungfräulein.

Man singt's beim Tag und noch vielmehr,
Es geht von der Herzallerliebsten her.
Hesasa, fallala!
Es geht von der Herzallerliebsten her.

Das hungernde Kind

Mutter! Mutter, es hungert mich,
Gib mir Brot, sonst sterb ich.
  Warte nur mein liebes Kind!
  Morgen wollen wir säen.

Als nun gesäet war,
Sprach das Kind noch immerdar:
Mutter! Mutter, es hungert mich,
Gib mir Brot, sonst sterb ich.

Warte nur mein liebes Kind!
Morgen wollen wir schneiden.

Als es nun geschnitten war,
Sprach das Kind noch immerdar:
Mutter! Mutter, es hungert mich,
Gib mir Brot, sonst sterb ich.
Warte nur mein liebes Kind!
Morgen wollen wir dreschen.

Als es nun gedroschen war,
Sprach das Kind noch immerdar:
Mutter! Mutter, es hungert mich,
Gib mir Brot, sonst sterb ich.
Warte nur mein liebes Kind!
Morgen wollen wir backen.

Als es nun gebacken war,
Lag das Kind auf der Totenbahr.

FuhrmannsLied

Ich bin ein lustiger Fuhrmanns Sohn,
Und fahre lang schon auf der Straß.
Ei, ei! was hab ich mein Schätzel getan,
Daß sie mich auf einmal verlaßt.

Hausknecht, spann du mir mein Rößlein an,
Und trag mir heraus mein' Hut,

Ich muß heute noch weiter fahr'n,
Das Dableib'n tut einmal kein gut.

Und da ich das Bergla hinaufe kam,
Sah ich das Wirtshaus von fern,
Da ist mein' schöne Kellerin drinn,
da muß ich heut noch einkehr'n.

Geh ich den grünen Wald auf und ab,
Schau ich den Tannenbaum an;
Kein' solchen Schatz, wie mein Schatz g'wesen ist,
Treff' ich mein Lebtag nicht an.

Gibt mir mein Mutter fünf Taler mit,
Zu einem Fuderla Wein,
Bring ich ein' schone Kellerin mit,
Und solls ein Bauerndirndel sein.

Kein' solchen Schatz, als mein Schatz g'wesen ist,
Treff' ich mein Lebtag nicht an,
Die mir so lieb und treu g'wesen ist,
O Schätzla! nimm mich doch zum Mann.

1819
Cassel

Tiroler Sennenlied

Gen Alma geh i ausi, weil's Wetter is so schön,
Und nit von weg'n der Senderin, und nit von weg'n der Kuh,
Und noch von weg'n der Senderin, und nit von weg'n
der Gab,
Geh i ausi auf d' Alm, weil's d' Senderin gern hat.

Und wenn i halt gen Alme geh, so marfelt halt der Stier,
D' Senderin thut melka, is a schon nimmer früh,
Is a schon nimmer früh, d' Sonna scheint in d'Faist,
Geh i eini in d' Kassa, und schau, wie d' Senderin haist.

Senderin haist Walbe, is gar a feines Mensch;
Der Kühbue haist Riepel, hobm lang anander kennt.
Der Kühbue haist Riepel, is gar a feiner Bue,
Er tanzt gern, und zahlt gern, und geht der Alme zu.

Am Monta diema ackern, am Erchta diema egn,
Am Mikta diema ärn, an Waiza eini giötn,
An Waiza eini fahrn, vertrinka ma das Geld,
Aft saima frischa Buema, und lusti in der Welt.

Wenn d' Stadl voller Heu sind, so wird ka Kuh
nit mager,
Wenn aner a schöne Schwester hat, so kriegt er bald
an Schwager.
Hot aner a Schöni, so hot er dran a Freud,
Hot aner a Schiegi, so hot er's ohne Neid.

Trinklied

Zu Klingenberg am Maine,
Zu Wirzburg an dem Steine,
Zu Bacharach am Rhein
Hab ich in meinen Tagen
Gar oftmals hören sagen,
Soll'n sein die besten Wein.
Jung! schenk mir ein
Ein Gläslein fein
Und bring mirs her,
Wie ich's begehr.
Mein lieber Herr!
Ich will euch diesen bringen,
Fröhlich und guter Dingen.
Frisch auf, ihr Herren! her und dran,
Das Fäßlein hat keinen Panzer an.

Bin ich schon nit am Maine
Zu Wirzburg an dem Steine,
Noch diesesmal am Rhein:
Sein dennoch andere Reben
Die auch gut Säftlein geben,
Lieblich und edle Wein.
Jung! schenk mir ein.
Ein Gläslein Wein.
Und bring mir's her,
Wie ichs begehr.
Mein lieber Herr!
Ich kann's euch nit abschlagen
Will's kecklich mit euch wagen.

Frisch auf, ihr Herren! her und dran,
Das Fäßlein hat kein'n Panzer an.

Im Wirtenberger Lande
Ist weit und breit bekannte
Das edle Neckartal.
Da wächst ein gesunder Safte,
Der giebt uns gute Krafte,
Mit Freuden öftermal.
Jung! schenk mir ein
Ein Gläslein Wein,
Und bring mir's her,
Wie ich's begehr.
Mein lieber Herr!
Ich bitt', ihr wöllt mit Freude
Fein redlich tun Bescheide,
Frisch auf, ihr Herren! her und dran,
Das Fäßlein hat kein'n Panzer an.

Wenn ein Land nit kann haben
Des edlen Weines Gaben,
So führen's Fuhrleut d'rein.
Darum an allen Orten
Von viel und manchen Sorten
Wird g'funden guter Wein.
Jung! schenk mir ein
Ein Gläslein Wein,
Und bring mir's her,
Wie ich's begehr.
Mein lieber Herr!
Ich will es jenem bringen,

Tut ihr ein' Weile singen:
Frisch auf, ihr Herren! her und dran,
Das Fäßlein hat keinen Panzer an.

Im fruchtbaren Taubergrunde
Find man Wein, stark und g'sunde,
Auch an vielen Orten mehr.
Dabei wir fröhlich singen
Und oft mit Freuden springen,
Gut Wein jagt Trauern sehr
Jung! schenk mir ein
Ein Gläslein Wein,
Und bring mir's her
Wie ich's begehr'.
Mein lieber Herr!
Das Wasser g'hört dem Fische,
Der Wein dem Menschen frische,
Frisch auf, ihr Herren! drauf und dran,
Das Fäßlein hat kein'n Panzer an.

In Östreich und Steier
Sind g'wachsen fernd und teuer
Gesund und gute Wein,
So die Leut' lustig machen,
Daß sie singen und lachen,
Tag und Nacht fröhlich sein.
Jung! schenk mir ein
Ein Gläslein Wein,
Und bring mir's her,
Wie ich's begehr
Mein lieber Herr!

Jung! tu das Gläslein schwenken,
Ein frisches einzuschenken.
Frisch auf, ihr Herren! drauf und dran!
Das Fäßlein hat kein'n Panzer an.

Der liebste Buhle

Der liebste Buhle, den ich hab,
Der leit beim Wirt im Keller
Er hat ein hölzern Röcklein an
Und heißt der Muskateller.
Er hat mich nächten trunken g'macht,
Und fröhlich heut den ganzen Tag,
Gott geb' ihm heut ein' gute Nacht.

Von diesem Buhlen, den ich mein',
Will ich dir bald eins bringen.
Er ist der allerliebste Wein,
Macht mich lustig zu singen;
Frischt mir das Blut, macht guten Mut,
Alls durch sein' Kraft und Eigenschaft,
Nun grüß dich Gott, mein Rebensaft.

Trinklied

Er setzt das Gläslein an den Mund,
  Tummel dich, guts Weinlein!
Er tranks rein aus bis auf den Grund,
Tummel dich, tummel dich, tummel dich,
  Tummel dich, guts Weinlein!

Er hat sein Ding all recht getan,
  Tummel dich, guts Weinlein!
Sein Nachbar soll ein volles han,
Tummel dich, tummel dich, tummel dich,
  Tummel dich, guts Weinlein!

Frisch auf, gut G'sell! laß rummer-gan,
  Tummel dich, guts Weinlein!
Das Gläslein soll nicht stille stahn,
Tummel dich, tummel dich, tummel dich,
  Tummel dich, guts Weinlein.

Das Vögelein

Im grünen Wald ich neulich ging spazieren,
Zu hören, wie die Vöglein lieblich singen,
Wie sie zu Gott dem Herren
Ihr Zünglein kehren,
Mit G'sang ihn ehren.

Da hört ich, unter allem Jubilieren
Ein kleines Vöglein sang mit hellem Schalle,
So wunder und so schone
In süßem Tone
Es bracht' mir Wonne.

Nun sing, daß dich der liebe Gott behüte,
Du kleines Vöglein, Meisterin im Singen.
Dein' Melodei und Weise
Ich lob' und preise
Mit ganzem Fleiße.

Liebesfeuer

Mit freundlich Blicken eurer Äuglein beide,
In dem ihr mir mit Schmerze
Entzündt mein Herze,

Das thut jezt brennen in dem Feu'r der Liebe.
So kan's nicht sterben, nicht leben,
Muß im Feuer schweben.

Darum o Zarte! will ich fleißig bitten,
So löst mich aus dem Feuer,
Dem ihr könnt steuern.

Der Wald

Was kann einen mehr ergötzen,
Als ein schöner grüner Wald,
Wo die Vöglein lustig schwätzen,
Sich Diana selbst aufhalt!
Weg mit dir, schön's Blumenfeld,
Der Wald ist mein Lustgezelt.

Wenn die heißen Sonnenstrahlen
Ganz ermatten alle Tier,
Sie vor Glut darnieder fallen,
So gibt mir der Wald Quartier,
Deckt mich zu mit Laub und Äst,
Daß ich ruh auf's allerbest.

Wenn ich seh die Rehlein scherzen,
Und die Hirschlein Paar und Paar,
G'fällt es mir recht wol im Herzen,
Und ich seh die liebe Schar
Springen munter hier und dort,
Stehn bald still, bald laufen's fort.

Alle Tierlein mir zu Ehren,
Kommen aus dem Wald herfür,
Grüßen mich als ihren Herren,
Paar und Paar in schönster Zier.
Sie bedienen mich so g'schwind,
Trotz dem stolzen Hofgesind.

Nun ade! im Wald ich bleibe,
Solang ich auf Erden bin,
Nur dem Wald ich mich verschreibe,
D'rum geh' ich vergnügt dahin.
Ich bleib' allezeit im Wald,
Bis die Welt zusammenfallt.

BergmannsLied

Frisch auf ins Feld, der Bergmann kommt,
Hat er sein feines Licht schon angezünd?

Hat's angezünd, bringt uns den Schein,
Darum so fahren wir ins Bergwerk ein.

Der eine gräbt Silber, der andere Gold.
Den schwarzbraunen Mädchen sind sie hold.

Herr Wirt, schenk ein ein volles Glas,
Schenk ein, trink aus, was schadt uns das?

Das schadt uns nichts, das schmeckt uns wohl,
Der ist nicht hier, der's zahlen soll.

Der's zahlen soll, der ist nicht hier,
Er ist ins Baierland, schenkt Wein und Bier.

NACHWORT

DIE BRÜDER GRIMM ALS VOLKSLIEDSAMMLER

»Die Elemente der Poesie einer Nation erscheinen nie reiner und mehr vereinigt als in den Volksliedern…«

Wilhelm Grimm, Altdänische Heldenlieder

Die Volkserzählungs-Sammlung der Brüder Grimm, der sie den Titel »Kinder- und Hausmärchen« gaben, ist weltbekannt. Viel weniger bekannt ist dagegen, daß sie bereits früher und in großem Umfang Volkslieder gesammelt haben.

Die Anregung dazu ging von Clemens Brentano aus, dem die Brüder als Studenten in Marburg begegneten, und in Erinnerung an diese Begegnung schrieb Jacob an Brentano (15. Dezember 1810): »Ich denke oft daran, wie wir wohl geworden wären, ohne die Bekanntschaft mit Savigny und Ihnen; sicher viel anders…«. Ihm und Achim von Arnim lieferten sie vielfache Beiträge zu »Des Knaben Wunderhorn« (keines der insgesamt 723 Lieder nennt sie jedoch im Herkunftsvermerk), ihm sandten sie auch ihre ersten Märchenaufzeichnungen. In diesem Zusammenhang ist auch ein Brief interessant, den Achim von Arnim im Februar 1813 an Jacob Grimm richtete: »Lieber Jacob! Ich fange sogleich mit!!! über eine Deiner Behauptungen an, daß Du Volkssagen so allgemein für unschuldig erklärst, ungeachtet Du kein Volk für ganz rein und sündenlos halten möchtest. So laß Dir denn sagen, weil Du zuweilen einer Behauptung zuliebe alle Gelehrsamkeit vergißt, daß die Hauptmasse von Volkssagen und -liedern Zoten sind, das heißt ein Spott mit dem, was von der allgemeinen Meinung im Volke als sehr ernst betrachtet wird, insbesondere mit dem, was dem Familienkreise des einfacheren Lebens das Wichtigste ist, mit dem Ehestande und seinen Verhältnissen; daß Du keine Beiträge der Art bekommst, glaube ich wohl, höchstens solche, wo die Leute die Bedeutung vergessen haben, denn alle fühlen wohl, wo sie ein Unrechtes bei gedacht haben, und schämen sich dessen; wer mit vielerlei Menschenklassen gelebt hat, muß über den Reichthum des priapischen Mythenkreises erstaunen [...] Wenn Du von der Unschuld der Volkssagen sprichst, was sind denn die Hexenmythen? Noch mehr, woher kommts, daß der eine Ausdruck Pißpott im Fischer, der noch obendrein darin ganz müßig, denn eine Hütte macht es viel verständlicher, ein paar Knaben eines meiner hiesigen Bekannten so festgeblieben ist, daß er es ihnen nicht vertreiben kann, den ganzen Tag vom Pißpott zu schwatzen, weil sie ihn gedruckt gelesen, der sonst immer als etwas Heimliches den Augen entzogen wurde. Mit einem Worte, es giebt eine zotenhafte Seite in der menschlichen Natur, die in ihrer Ursprünglichkeit nichts sündlicher ist wie alles Natürliche, die aber in ihrer Tradizion leicht sündhaft wird.«

Eben dieser Jacob plädierte dafür, daß man Volkspoesie nicht nach »zimpferlicher« Art zensieren und auswählen dürfe, und blieb auch bei diesem Standpunkt. Noch 1854 in seiner Vorrede zum »Deutschen Wörterbuch« trat er für die Berücksichtigung der »anstößigen Wörter« ein, »da sie aus den quellen unserer alten sprache geschöpft und von männern gebraucht sind, die noch mit festern nerven begabt als die jetzt redenden, vor einem kecken, derben wort nicht zurück bebten, wenn es galt, dem was sie sagen wollten, stärke zu verleihen.«

Ihre Anregungen und Beihilfen verselbständigten die Brüder bald in eigenen Veröffentlichungen, und insbesondere Jacob Grimm erweiterte Brentanos lediglich auf das Literarische gerichtete Intention auf Sprache, Recht, Glauben und Sitte des Volkes. Der Gegensatz von Naturpoesie (später Volkspoesie genannt) und Kunstpoesie wurde in erweiterter Gültigkeit zum Leitfaden des wissenschaftlichen Wirkens der Brüder – bis an ihr Lebensende.

Den Unterschied zu Brentanos Konzept von 1806, das sich nur auf Volkslieder als Literatur bezieht, dokumentiert Jacob Grimms Wiener »Circularbrief« von 1815 für die Wollzeiler-Gesellschaft, in dem der ganze Bereich der volkskundlichen Forschung ausgemessen wird.

In völliger Übereinstimmung mit den von Anfang an über das Nationale hinausgehenden Interessen der Brüder enthält ihre Volksliedersammlung (Marburger Bestand) neben deutschen einen erheblichen – auf den Gesamtumfang bezogen sogar etwa gleich starken – Bestand an Volksliedern fremder Nationen; vertreten sind, wenn auch in unterschiedlichem Umfang, fast alle europäischen Völker: Schweden, Dänen, Slawen, Franzosen, Spanier, Finnen, Lappen, Esten, Flamen, Niederländer, Italiener, Engländer, Ungarn; einige wenige Lieder stammen sogar aus Kanada, Südamerika und Sibirien (zusammengefaßt in einer Gruppe »Verschiedenes«). Auf deutschsprachigem Gebiet galt besonderes Interesse ihrer hessischen Heimat mit Stücken, meist von Jacobs Hand aufgezeichnet und z.T. datiert (1809), aus Ippinghausen (Krs. Wolfhagen), Wilmshausen = Wilhelmshausen bei Kassel, zu denen einige Lieder aus dem Dillenburgischen (nach Vorlagen, die Werner v. Haxthausen 1808 den Brüdern überlassen hatte) sowie aus Wien (1815 von Jacob Grimm dort aufgezeichnet) hinzukommen. Ein weiteres, »Deutsche Volkspoesie 2« betiteltes Konvolut enthält Liebeslieder, Alte Liedanfänge, Kriegslieder, einige fliegende gedruckte Blätter, Geistliche Lieder, Verschiedenes. Dem schließen sich einige Abschriften von fremder Hand an: Lieder aus einer handschriftlichen Sammlung des Schweizer Polyhistors Aegidius Tschudi; Abschriften aus dem Musenalmanach Leo von Seckendorfs und Brauchtumsgedichte aus Wien.

Was die Quellen und Vorlagen betrifft, so sind die Lieder aus Hessen, dem Dillenburgischen und aus Wien nach mündlichem Vortrag aufgezeichnet, die übrigen aus handschriftlichen oder gedruckten Sammlungen oder sonstigen Literaturwerken abgeschrieben. Als Entstehungszeit für die Sammlung ist der Zeitraum zwischen 1806 und 1815 erkennbar.

Anders als bei den Kinder- und Hausmärchen, wo Jacob erkannt hatte, daß das Märchen eine ›Sache‹ ist, die vollkommen sie selbst bleiben kann, auch wenn sie von anderen mit anderen Worten erzählt wird (s. Brief an Arnim vom 31. Dez. 1812), haben sich die Federn der Brüder Grimm bei der wortgetreuen Aufzeichnung und Abschrift von Volksliedern nicht gesträubt (Kritik Jacobs an der Redaktion des Wunderhorns!), denn für Jacob Grimm besaß die sprachliche Form immer Vorrang, wie er schon am 20. Mai 1811 in einem Brief an Friedrich Carl von Savigny darlegte:

»Zuerst ist zu sagen, was schon von vielen gesagt und gefühlt worden ist. Jedes Gedicht, denn sonst wäre es nicht ausgesprochen, wächst in einer gewissen Form auf, die deswegen für dasselbe individuell notwendig sein muß, weil es ohne sie nicht lebendig geworden wäre und bloßer Gedanke hätte bleiben müssen; wenn man also Leib und Seele trennt, so ist das Leben fort.«

Aus den von ihnen gesammelten Volksliedern haben die Brüder selbst nur wenig publiziert, und zwar bemerkenswerterweise fast nur Ausländisches. Zusammenarbeit und Austausch des Materials bei der Sammlung von Volksliedern gab es auch mit Partnern aus dem westfälischen Freundeskreis, den Familien von Haxthausen und von Droste-Hülshoff, vor allem mit Werner von Haxthausen und dessen Bruder August. Nach Kriegsende 1815 muß aller Wahrscheinlichkeit nach der überwiegende Teil der Sammlung der Brüder Grimm in Haxthausenschen Besitz übergegangen sein, wie aus einem Brief hervorgeht, den August von Haxthausen 1818 an A. Kretzschmer richtete.

Unter den in der Volksliedersammlung enthaltenen Liedern befindet sich nur eins, zu dem von Grimmscher Hand eine Melodie hinzugefügt ist; hierbei handelt es sich um die Abschrift einer gedruckten Vorlage. Darüber hinaus finden sich nur noch einige Melodien zu britischen Volksliedern, und zwar von dritter Hand. Eine Volksliedaufzeichnung im Nachlaß der Brüder Grimm bringt zwar eine Melodie, die jedoch August von Haxthausen festgehalten hat. Das ist alles nicht erstaunlich, denn trotz feinsinniger Äußerungen Wilhelms über Musik (in seiner Selbstbiographie) ist doch zu beachten, was Jacob in seiner Rede auf Wilhelm sagte: »Wie manchen Abend bis in die späte Nacht habe ich in seliger Einsamkeit über den Büchern zugebracht, die ihm in froher Gesellschaft, wo ihn Jedermann gern sah und seiner anmutigen Erzählungsgabe lauschte, vergiengen; auch Musik zu hören machte ihm große, mir nur eingeschränkte Lust.«

Der durch die Melodien besonders wertvolle Liedernachlaß August von Haxthausens (er selbst hatte – weitergehende Pläne waren gescheitert – nur die geistlichen Lieder seiner Sammlung herausgegeben: »Geistliche Volkslieder mit ihren ursprünglichen Weisen gesammelt aus mündlicher Tradition und seltenen alten Gesangbüchern.« Paderborn, Schöningh 1850.) wurde Eigentum von Karl Schulte Kemminghausen: »Die Hauptmasse des Grimmschen Volksliedmaterials ist in meinem Besitz. Es ist ein Teil der Volksliedsammlung des Freiherrn August von Haxthausen, dem die Brüder Grimm in großzügiger Weise mancherlei von ihren Sammlungen zur Verfügung gestellt hatten.«

Der Münsteraner Germanist und Droste-Forscher Karl Schulte Kemminghausen plante zusammen mit Harry Schewe († 1963) die Herausgabe der Volksliedersammlung der Brüder Grimm, jedoch Krankheit und Tod († 1964) hinderten ihn daran, seine Arbeiten bis zur Publikationsreife voranzutreiben. Bereits 1958 hatte er der Universitätsbibliothek Marburg ca. 600 Blätter und Zettel der Materialien der Brüder Grimm zur Volksliedforschung verkauft.

Warum haben die Brüder Grimm ihre Volksliedersammlung, abgesehen von den erwähnten Ausnahmen, nicht selbst veröffentlicht, so wie sie es mit ihren Märchen- und Sagensammlungen taten?

Nur auf der Basis intensiven Sammelns (Primat des ›Epischen‹) konnten sie zur ›Volkspoesie‹ Erkenntnisse über stoff- und entwicklungsgeschichtliche Zusammenhänge gewinnen, um eine ihnen vorschwebende Literaturgeschichte zu schreiben, die von der Volkspoesie ausgehen und die Aufnahme der Dichtung durch ein unterschiedliches Publikum berücksichtigen sollte. Daß diese Literaturgeschichte unausführbar war, hatte nicht ein Aufgeben des Grundgedankens zur Folge; denn dem ›Prinzip Volkspoesie‹ und damit auch dem Volkslied blieben sie ihr Leben lang treu (noch 1857 rezensierte Jacob Grimm mit lebhafter Anteilnahme die ›Canti popolari toscani‹ des Guiseppe Tigri). Wenn die Brüder auf eine eigene Publikation der Volkslieder verzichteten, so könnte es zum einen deshalb geschehen sein, weil das ›Wunderhorn‹ bereits auf dem ›literarischen Markt‹ war und hier nur ein geringes Echo fand, zum andern, weil August von Haxthausen, von Jacob schon am 6. Juli 1816 brieflich zur Publikation gedrängt, seit 1818 bis 1853 (Kontakte zu Kretzschmer, Simrock und Hoffmann von Fallersleben) und sogar noch später versuchte, seine Sammlung zu veröffentlichen. Haxthausen vertrat schon die ›moderne‹ Auffassung: »Die Lieder werden auf das Treueste, selbst mit allen sogenannten Sprachfehlern, genau in dem Dialekte abgedruckt. Wo es immer geschehen darf, wird der Name von dem, der es aufgeschrieben, die Zeit und der Ort bemerkt. Da das Buch der ganzen Nation angehört, so ist jeder Name gleich bedeutend.« Bei der Arbeit der Brüder hatten sich indessen die Akzente verlagert: Jacob ging über zu Grammatik, Rechtsaltertümern, Reinhart Fuchs und Mythologie; Wilhelm wandte sich den Märchen und der Heldendichtung zu. Im Bereich der Poesie richtete sich ihre Anteilnahme schon früh und fortschreitend auf das Epische, so daß sie das unbearbeitete lyrische Material anderen zur Aufbereitung überließen. Ein eigenes Konzept entwikkelt zu haben und damit über Brentanos Anregungen weit hinausgewachsen zu sein, ist das historische Verdienst der Brüder.

Charlotte Oberfeld *Ludwig Denecke*

Alphabetisches Verzeichnis der Liedanfänge

Inhalt

Zur Text- und Bildwiedergabe dieser Ausgabe

Die der wissenschaftlichen Ausgabe (Brüder Grimm, Volkslieder. Textband. Aus der Handschriftensammlung der Universitätsbibliothek Marburg herausgegeben von Charlotte Oberfeld, Peter Assion, Ludwig Denecke, Lutz Röhrich und Heinz Rölleke. N. G. Elwert Verlag, Marburg 1985; Kommentarband 1986) entnommenen, ausgewählten Texte folgen deren Ordnung und basieren auf der Transkription von Karin Bredehorn, die den vorliegenden Textbefund so schriftgetreu wie möglich wiedergegeben hat.

In der vorliegenden Auswahl wurden die Rechtschreibung und in geringem Maße auch die Zeichensetzung vereinheitlicht, jedoch nur so weit, daß der Zeitcharakter der Grimmschen Sammlung sowie die ungeregelte Vielfalt ihrer lebendigen Quellen erkennbar bleiben.

Die Texte selbst sind nur leicht redigiert, wo es die Verständlichkeit zu erfordern schien. Es soll aber auch hier deutlich werden, in wie hohem Maße die Aufzeichnungen der Brüder Grimm der ungleichmäßigen, zum Teil bruchstückhaften, auch mundartlich gefärbten Überlieferung in ihrer Zeit nahe standen.

Die Bilder stammen aus dem reichen künstlerischen Schaffen des ›Malerbruders‹ Ludwig Emil Grimm (1790–1863), der sie freilich nicht eigens für die ›Volkslieder‹ entwarf; sie wurden jedoch der Liedthematik entsprechend ausgewählt (mit freundlicher Unterstützung von Dr. Wilhelm Braun-Elwert, Marburg). Das Umschlagbild gibt einen Ausschnitt aus einem Gemälde Gottfried Schinkels wieder (Foto: Bildarchiv Preußischer Kulturbesitz, Berlin).

Jacob und Wilhelm Grimm
im Insel Verlag

Kinder- und Hausmärchen
Gesammelt durch die Brüder Grimm. Mit Illustrationen von Otto Ubbelohde und einem Vorwort von Ingeborg Weber-Kellermann. Jubiläumsausgabe in Kassette. Drei Bände. 1984. it 829

Kinder- und Hausmärchen
Gesammelt durch die Brüder Grimm. Kleine Ausgabe von 1858
Mit Illustrationen von Ludwig Pietsch und einem Nachwort von Heinz Rölleke. 1985. it 842

Die zwölf schönsten Märchen der Brüder Grimm
Mit Bildern von Gunter Böhmer. 1984. Leinen- oder Lederausgabe

Jorinde und Joringel
Acht Märchen mit Bildern von Heinrich Vogeler. 1976.
Insel-Bücherei 992

Deutsche Sagen
Herausgegeben von den Brüdern Grimm. Mit Illustrationen von Otto Ubbelohde. 1981. Zwei Bände. it 481

Der Briefwechsel Bettine von Arnims mit den Brüdern Grimm. 1838 bis 1841
Herausgegeben von Hartwig Schultz. Mit Abbildungen. 1985

Jacob Grimm, Über den Ursprung der Sprache
Gelesen in der Preußischen Akademie der Wissenschaften am 9. Januar 1851
Mit Anmerkungen und einem Nachwort von M. Rassen. 1985. it 877

Lyrik, Liedersammlungen

Allerleirauh
Viele schöne Kinderreime, versammelt von H. M. Enzensberger. Mit zahlreichen Abbildungen. it 115

Alte und neue Lieder
mit Bildern und Weisen. Herausgegeben von Johannes Bolte u. a. Mit Illustrationen von Ludwig Richter, Otto Ubbelohde, Moritz v. Schwind u. a. it 59

Achim von Arnim/Clemens Brentano. Des Knaben Wunderhorn
Alte deutsche Lieder. it 85

Charles Baudelaire. Die Blumen des Bösen
Übertragen von Carlo Schmid. it 120

William Blake. Lieder der Unschuld und Erfahrung
Nach einem handkolorierten Exemplar des British Museum. Herausgegeben und mit einem Nachwort versehen von W. Hofmann. Deutsch von W. Wilhelm. it 116

Bertolt Brechts Hauspostille
Mit Radierungen von Christoph Meckel. it 617

Wilhelm Busch. Kritisch-Allzukritisches
Gedichte. Ausgewählt von Theo Schlee. Mit Illustrationen von Wilhelm Busch und einem Nachwort des Herausgebers. it 52
– Sämtliche Bilderbogen. Mit einem Nachwort von Gert Ueding. it 620

Lewis Carroll. Die Jagd nach dem Schnark
Zweisprachige Ausgabe. Übersetzt und ausgeleitet von Klaus Reichert. Mit Illustrationen von Henry Holiday. it 598

Chinesische Liebesgedichte aus drei Jahrtausenden
Aus dem Chinesischen von Ernst Schwarz. Mit zeitgenössischen Illustrationen. it 442

Dante. Die göttliche Komödie
Mit Holzschnitten von Botticelli. Deutsch von Friedrich Freiherrn von Falkenhausen. it 94

Joseph Freiherr von Eichendorff. Gedichte
Mit Illustrationen von Otto Ubbelohde. Herausgegeben von Traude Dienel. it 255

Lyrik, Liedersammlungen

Geistliche Gedichte
Eine Auswahl deutscher religiöser Lyrik von den Anfängen bis zur Gegenwart. Herausgegeben von Hans Rüdiger Schwab. it 668

Johann Wolfgang Goethe. Gedichte in zeitlicher Folge
Eine Lebensgeschichte Goethes in seinen Gedichten. Herausgegeben von Heinz Nicolai. Zwei Bände. it 350
– Hermann und Dorothea
Mit Aufsätzen von August Wilhelm Schlegel, Wilhelm von Humboldt, Georg Wilhelm Friedrich Hegel und Hermann Hettner. Illustrationen von Chodowiecki u. a. it 225
– Liebesgedichte
Herausgegeben von Hans Gerhard Gräf. Mit einem Nachwort von Emil Staiger. it 275
– West-östlicher Divan
Herausgegeben und erläutert von Hans-J. Weitz. Mit Essays zum »Divan« von Hugo von Hofmannsthal, Oskar Loerke und Karl Krolow. Mit Abbildungen. it 75

Heinrich Heine. Atta Troll. Ein Sommernachtstraum. Mit zeitgenössischen Illustrationen und einem Nachwort von Bernd Korthänder. it 748
– Buch der Lieder. Mit zeitgenössischen Illustrationen. Mit einem Nachwort von Eberhard Galley. it 33
– Deutschland. Ein Wintermärchen
Mit einem Nachwort von Joseph Peter Strelka. it 723

Das Hohe Lied Salomos
Nachdichtungen und Übersetzungen aus sieben Jahrhunderten. Herausgegeben von Hermann Timm. Mit zwölf Bildern von Anatoli L. Kaplan. it 600

Indische Liebeslyrik
In Übertragungen von Friedrich Rückert. Herausgegeben und eingeleitet von Helmuth von Glasenapp. it 431

Gottfried Keller. Das Sinngedicht
Mit Illustrationen. Herausgegeben und mit einem Nachwort von Gerhard Kaiser. it 632

Dieter Kühn. Liederbuch für Neidhart. it 742

insel taschenbücher
Alphabetisches Verzeichnis